记忆恩师

孙 聪 编

吉林人民出版社

图书在版编目（CIP）数据

记忆恩师 / 孙聪编. — 长春：吉林人民出版社，
2010.10（2021.3重印）
（青少年探索文库）
ISBN 978-7-206-07106-5

Ⅰ. ①记… Ⅱ. ①孙… Ⅲ. ①散文—作品集—中国—
当代 Ⅳ. ①I267

中国版本图书馆CIP数据核字(2010)第192414号

记忆恩师

编　　者：孙　聪
责任编辑：张　娜
吉林人民出版社出版（长春市人民大街7548号　邮政编码：130022）
印　刷：三河市燕春印务有限公司
开　本：700mm×970mm　　1/16
印　张：13　　　　字数：110千字
标准书号：ISBN 978-7-206-07106-5
版　次：2010年10月第1版　　印　次：2021年3月第2次印刷
定　价：39.00元

目　录

藤野先生

鲁　迅

东京也无非是这样。上野的樱花烂熳的时节，望去确也像绯红的轻云，但花下也缺不了成群结队的“清国留学生”的速成班，头顶上盘着大辫子，顶得学生制帽的顶上高高耸起，形成一座富士山。也有解散辫子，盘得平的，除下帽来，油光可鉴，宛如小姑娘的发髻一般，还要将脖子扭几扭。实在标致极了。

中国留学生会馆的门房里有几本书买，有时还值得去一转；倘在上午，里面的几间洋房里倒也还可以坐坐的。但到傍晚，有一间的地板便常不免要咚咚咚地响得震天，兼以满房烟尘斗乱；问问精通时事的人，答道，“那是在学跳舞。”

到别的地方去看看，如何呢？

我就往仙台的医学专门学校去。从东京出发，不久便到一处驿站，写道："日暮里。不知怎地，我到现在还记得这名目。其次却只记得水户了，这是明的遗民朱舜水先生客死的地方。仙台是一个市镇，并不大；冬天冷得利害；还没有中国的学生。

大概是物以稀为贵罢。北京的白菜运往浙江，便用红头绳系住菜根，倒挂在水果店头，尊为"胶菜"；福建野生着的芦荟，一到北京就请进温室，且美其名曰"龙舌兰"。我到仙台也颇受了这样的优待，不但学校不收学费，几个职员还为我的食宿操心。我先是住在监狱旁边。一个客店里的，初冬已经颇冷，蚊子却还多，后来用被盖了全身，用衣服包了头脸，只留两个鼻孔出气。在这呼吸不息的地方，蚊子竟无从插嘴，居然睡安稳了。饭食也不坏。但一位先生却以为这客店也包办囚人的饭食，我住在那里不相宜，几次三番，几次三番地说。我虽然觉得客店兼办囚人的饭食和我不相干，然而好意难却，也只得别寻相宜的住处了。于是搬到别一家，离监狱也很远，可惜每天总要喝难以下咽的芋梗汤。

从此就看见许多陌生的先生，听到许多新鲜的讲义。解剖学是两个教授分任的。最初是骨学。其时进来的是一个黑瘦的先生，八字须，戴着眼镜，挟着一迭大大小小的书。一将书放在讲台上，便用了缓慢而很有顿挫的声调，向学生介绍自己道：——

"我就是叫作藤野严九郎的……。"

后面有几个人笑起来了。他接着便讲述解剖学在日本发达的历史，那些大大小小的书，便是从最初到现今关于这一门学问的著作。起初有几本是线装的；还有翻刻中国译本的，他们的翻译和研究新的医学，并不比中国早。

那坐在后面发笑的是上学年不及格的留级学生，在校已经一年，掌故颇为熟悉的了。他们便给新生讲演每个教授的历史。这藤野先生，据说是穿衣服太模糊了，有时竟会忘记带领结；冬天是一件旧外套，寒颤颤的，有一回上火车去，致使管车的疑心他是扒手，叫车里的客人大家小心些。

他们的话大概是真的，我就亲见他有一次上讲堂没有带领结。

过了一星期，大约是星期六，他使助手来叫我了。到得研究室，见他坐在人骨和许多单独的头骨中间，——他其时正在研究着头骨，后来有一篇论文在本校的杂志上发表出来。

“我的讲义，你能抄下来么？”他问。

“可以抄一点。”

“拿来我看！”

我交出所抄的讲义去，他收下了，第二三天便还我，并且说，此后每一星期要送给他看一回。我拿下来打开看时，很吃了一惊，同时也感到一种不安和感激。原来我的讲义已经从头到末，都用红笔添改过了，不但增加了许多脱漏的地方，连文法的错误，也都一一订正。这样一直继续到教完了他所担任的

功课：骨学、血管学、神经学。

可惜我那时太不用功，有时也很任性。还记得有一回藤野先生将我叫到他的研究室里去，翻出我那讲义上的一个图来，是下臂的血管，指着，向我和蔼的说道：——

“你看，你将这条血管移了一点位置了。——自然，这样一移，的确比较的好看些，然而解剖图不是美术，实物是那么样的，我们没法改换它。现在我给你改好了，以后你要全照着黑板上那样的画。”

但是我还不服气，口头答应着，心里却想道：——

“图还是我画的不错；至于实在的情形，我心里自然记得的。”

学年试验完毕之后，我便到东京玩了一夏天，秋初再回学校，成绩早已发表了，同学一百余人之中，我在中间，不过是没有落第。这回藤野先生所担任的功课，是解剖实习和局部解剖学。

解剖实习了大概一星期，他又叫我去了，很高兴地，仍用了极有抑扬的声调对我说道：

“我因为听说中国人是很敬重鬼的，所以很担心，怕你不肯解剖尸体。现在总算放心了，没有这回事。”

但他也偶有使我很为难的时候。他听说中国的女人是裹脚的，但不知道详细，所以要问我怎么裹法，足骨变成怎样的畸形，还叹息道，“总要看一看才知道，究竟是怎么一回事呢？”

有一天，本级的学生会干事到我寓里来了，要借我的讲义看。我检出来交给他们，却只翻检了一通，并没有带走。但他们一走，邮差就送到一封很厚的信，拆开看时，第一句是：——“你改悔罢！”

这是《新约》上的句子罢，但经托尔斯泰新近引用过的。其时正值日俄战争，托老先生便写了一封给俄国和日本的皇帝的信，开首便是这一句。日本报纸上很斥责他的不逊，爱国青年也愤然，然而暗地里却早受了他的影响了。其次的话，大略是说上年解剖学试验的题目，是藤野先生讲义上做了记号，我预先知道的，所以能有这样的成绩。末尾是匿名。

我这才回忆到前几天的一件事。因为要开同级会，干事便在黑板上写广告，末一句是“请全数到会勿漏为要”，而且在“漏”字旁边加了一个圈。我当时虽然觉到圈得可笑，但是毫不介意，这回才悟出那字也在讥刺我了，犹言我得了教员漏泄出来的题目。

我便将这事告知了藤野先生；有几个和我熟识的同学也很不平，一同去诘责干事托辞检查的无礼，并且要求他们将检查的结果，发表出来。终于这流言消灭了，干事却又竭力运动，要收回那一封匿名信去。结末是我便将这托尔斯泰式的信退还了他们。

中国是弱国，所以中国人当然是低能儿，分数在六十分以上，便不是自己的能力了；也无怪他们疑惑。但我接着便有参

观枪毙中国人的命运了。第二年添教霉菌学，细菌的形状是全用电影来显示的，一段落已完而还没有到下课的时候，便影几片时事的片子，自然都是日本战胜俄国的情形。但偏有中国人夹在里边：给俄国人做侦探，被日本军捕获，要枪毙了，围着看的也是一群中国人；在讲堂里的还有一个我。

“万岁！”他们都拍掌欢呼起来。

这种欢呼，是每看一片都有的，但在我，这一声却特别听得刺耳。此后回到中国来，我看见那些闲看枪毙犯人的人们，他们也何尝不酒醉似的喝采，——呜呼，无法可想！但在那时那地，我的意见却变化了。

到第二学年的终结，我便去寻藤野先生，告诉他我将不学医学，并且离开这仙台。他的脸色仿佛有些悲哀，似乎想说话，但竟没有说。

“我想去学生物学，先生教给我的学问，也还有用的。”其实我并没有决意要学生物学，因为看得他有些凄然，便说了一个慰安他的谎话。

“为医学而教的解剖学之类，怕于生物学也没有什么大帮助。”他叹息说。

将走的前几天，他叫我到他家里去，交给我一张照相，后面写着两个字道：“惜别”，还说希望将我的也送他。但我这时适值没有照相了；他便叮嘱我将来照了寄给他，并且时时通信告诉他此后的状况。

我离开仙台之后，就多年没有照过相，又因为状况也无聊，说起来无非使他失望，便连信也怕敢写了。经过的年月一多，话更无从说起，所以虽然有时想写信，却又难以下笔，这样的一直到现在，竟没有寄过一封信和一张照片。从他那一面看起来，是一去之后，杳无消息了。

但不知怎地，我总还时时记起他，在我所认为我师的之中，他是最使我感激，给我鼓励的一个。有时我常常想：他的对于我的热心的希望，不倦的教诲，小而言之，是为中国，就是希望中国有新的医学；大而言之，是为学术，就是希望新的医学传到中国去。他的性格，在我的眼里和心里是伟大的，虽然他的姓名并不为许多人所知道。

他所改正的讲义，我曾经订成三厚本，收藏着的，将作为永久的纪念。不幸七年前迁居的时候，中途毁坏了一口书箱，失去半箱书，恰巧这讲义也遗失在内了。责成运送局去找寻，寂无回信。只有他的照相至今还挂在我北京寓居的东墙上，书桌对面。每当夜间疲倦，正想偷懒时，仰面在灯光中瞥见他黑瘦的面貌，似乎正要说出抑扬顿挫的话来，便使我忽又良心发现，而且增加勇气了，于是点上一支烟，再继续写些为“正人君子”之流所深恶痛疾的文字。

悼蔡元培先生

顾颉刚

当《责善》半月刊创刊号付印的时候，突然在报纸上见到蔡孑民先生（元培）于二十九年三月五日在香港逝世的消息，给我们精神上一个很大的打击，不能不加进这一篇，促同学们的注意。

蔡先生的传将来自有人做，这里为材料所限也不能做，只就我所记得的几件事说一下。

蔡先生的一生在中国史上有重大关系的有三个阶段：一是民元任教育总长，二是民六任北京大学校长，三是民十八任中央研究院院长。无论在教育上，在学术研究上，都是开风气奠基础的工作。先生站在崇高的地位，怀着热烈的情感和真实的见解，指导青年向前走，可以说这二十九年来的知识分子没有不受着他的影响的。

我是北大学生，在他没有当校长的时候已在那边了。那时的北大实在陈旧得很，一切保存着前清“大学堂”的形式。教员和学生，校长和教员，都不生什么关系。学生有钱的尽可天天逛妓院，打牌，听戏，校中虽有舍监也从不加干涉。学生有事和学校接洽，须写呈文，校长批了揭在牌上，仿佛一座衙门。蔡先生受任校长之后，立即出一布告，说：“此后学生对校长应用公函，不得再用呈文。”这一下真使我们摸不着头脑，不知道这位校长为什么要这样的谦虚。稍后他又出版《北大日刊》，除了发表校中消息之外，又收登教员学生的论文，于是渐渐有讨论驳难的文字出来，增高了学术研究的空气。学生对于学校改进有所建议时，他也就把这议案送登《日刊》，择其可行的立即督促职员实行。这样干去，学生对于学校就一点不觉得隔膜，而向来喜欢对学生摆架子的职员也摆不成他的架子了。

北大学生本来毫无组织，蔡先生来后就把每班的班长招来，劝他们每一系成立一个学会。许多班长退下来踌躇道：“这件事怎么办呢？”但靠了蔡先生的敦促和指导，以及学校在经费上的帮助，许多会居然组织起来了。不但每系有会，而且书法研究会，画法研究会，音乐会，辩论会，武术会，静坐会……一个个成立起来，谁高兴组织什么会就组织什么会，谁有什么技艺就会被拉进什么技艺的会。平时一个人表现自己能力时很有出风头的嫌疑，可是到了这个时候，虽欲不出风头而不可得了。校中尽有消遣的地方，打牌听戏的兴致也就减少了许多了。一校之内，无论教职员，学生，仆役，都觉得很亲密的，很平等的。记得蔡先生每天出入校门，校警向他行礼，他也脱帽鞠躬，使得这班服小惯了的仆人看了吐出舌头来。

《北大日刊》的稿件拥挤了，他就添出《北大月刊》。《月刊》的《发刊词》是他自己做的。他说："《中庸》里说的'万物并育而不相害，道并行而不相悖，此天地之所以为大也'，我们应当实践这几句话。"那时正在洪宪帝制和张勋复辟之后，我们看他把帝制派的刘申叔先生（师培）请到国文系来教"中古文学史"，又把复辟派的辜鸿铭先生（汤生）请到英文系来教"英国文学"。刘先生的样子还不特别，辜先生却是大辫子，乌靴，腰带上眼镜袋咧，扇袋咧，鼻烟袋咧，历历落落地挂了许多，真觉得有点不顺眼。但想到《月刊》的《发刊词》，就知道他是有一番用意的。他不问人的政治意见，只问人的真实知识。哲学系的"经学通论"课，他既请今文家崔适担任，又请古文家陈汉章担任，由得他们堂上的话互相冲突，让学生两头听了相反的议论之后再自己去选择一条路。

国史馆自馆长王闿运死后归并北大，蔡先生就兼作了馆长。为了编史，他请了许多专家，如张相文，屠寄，叶瀚等等，于是在大学中添设了史学系，请这班先生兼一些课。国史馆中除了搜集民国史料之外，还编"中国通史"和"分类史"，定有很周密的计划。

那时国立大学只有这一个，许多人眼光里已觉得这是最高学府，不能再高了。但蔡先生还要在大学之上办研究所，请了许多专家来作研究导师，劝毕业生再入校作研究生，三四年级学生有志深造的亦得入所，常常开会讨论学问上的问题。这样一来，又使大学生们感觉到在课本之外还有需要自己研究的学问。清朝大学堂时代，图书馆中曾有许多词曲书，给监督刘廷琛看作淫词艳曲，有伤风化，一把火都烧了。到这时，蔡先生请了剧曲专家吴梅来作国文系教授，国文研究所中又大买起词曲书来。岂但蒐罗词曲而已，连民间的歌谣也登报征集起来了，天天在《北大日刊》上选载一两首，绝不怕这些市井猥鄙的东西玷污了最高学府的尊严。那时我们都是二十余岁的青年，自以为思想是很新的了，那知一看学校当局公布的文件，竟新得出乎我们的意想之外。

从前女子只能进女学堂，她们的最高学府是女子师范学校，大学是与她们无缘的。北大既经这般新，当下就有女学生妄觊非分，请求旁听。这使得校中办事人为难了，究竟答应不答应呢？蔡先生说：“北大的章程上并没有说只收男生不收女生的话，我们把她们收进来就是了。”于是就有胸挂北大徽章的女子出现于学校中，给男生一个强烈的刺戟。到了暑假招生，有女子来报名应考，这一年录取了三个，校中始有正式的女生。学生定《日刊》是归号房办的，有一天我去取报，那知已被同学强买了去，原来这天报上登着这三位女同学的姓名，大家要先睹为快呢。到现在，那个大学不收女生，试到华西坝一看，女同学竟比男同学还多了。

北大一天天的发皇，学生一天天的活泼，真可以说进步像飞一般快，一座旧衙门经蔡先生一手改造竟成为新文化的中心。于是五四运动一试其锋，文化的锋头掉转到政治，就像狂飙怒涛的不可抵御。那时北洋军阀和顽固学者恨蔡先生刺骨，必欲置之死地，竟想架炮在景山顶上轰击北大。蔡先生在法国时留了长长的须，那时逼得没法，就剃了胡子逃回老家去。虽然风潮过后又请回来，毕竟做不长了，记得民国十二年彭允彝任教育总长时就很不客气地下了“北京大学校长蔡元培应免本职”的命令。十五年国民革命军北伐，蔡先生在江浙预备响应，被革命目标五省联军总司令孙传芳下令通缉，他从浙江坐木船浮海逃到厦门。那时我在厦门大学任教，校中招待他，我也作陪。席上有人骂当时学生不守本分读书，专欢喜作政治活动的，蔡先生就正色说道：“只有青年有信仰，也只有青年不怕死。革命工作不让他们担任该什么人担任！”他这般疾言厉色，我还是第一次见呢。翌日他应厦大浙江同乡会之招，报告浙江革命工作，说到工作不顺利处，他竟失声哭了。那时他已经60岁，就在这般凄风苦雨之中度过了他的诞辰。

北伐胜利，他任了国民政府的几个要职。但他是生活简单惯了的人，听说他在法国时只穿工人的衣服，这时他虽任了监

察院长，到他家里去还只看见客堂里沿墙放着四张靠背椅子，当中放着一张方桌，四个方凳，没有什么别的陈设。他的家在上海也只住在普通的“里”里，直到民二十后始迁入一所破旧的洋房。“八一三”后，上海沦陷，他避居九龙。今天看到报上的唁电，依然是某某路某某号的“楼下二号”。

他是绍兴人，绍兴是出酒的地方，所以他从小就能喝酒。记得民二十三四年间，他到北平，北大同人在欧美同学会替他洗尘，一共五桌，差不多每人敬他一杯，他都喝干了。有人说：“蔡先生今天回来，看看他手创的北大，觉得高兴，所以多喝了些。”可怜这已是他最末一次到北大了！

蔡先生今年七十四岁，在他自己，辛苦了一生，已经到了该休息的时候，可是我们如何舍得他呢？他在法国巴黎大学、德国来比锡大学研究哲学、美学、人类学、文明史等等，虽然归国后为人事繁忙，自己没有写出多少东西（记得四五年前，他因为身体不好，辞去兼职和名誉职。报上说有七十余个之多，可想见其忙），但他已把他所学的一起用到实际上来了。他希望人家发展个性，他鼓励人家自由思想，他惟恐别人不知天地之大，他又惟恐别人成见之深。他要人多看，多想，多讨论，多工作，使得社会一天比一天进步，人生一天比一天快乐。这一个他的中心主张，虽则他自己没有明白说出，但是知道他的人一定是感觉得到的。这就是他在中国史上最大的贡献，也是将来的青年们所永远不能忘记的人生指导！

哭鲁迅先生

孙伏园

像散沙一般，正要团结起来；像瘫病一般，将要恢复过来；全民族被外力压迫的刚想振作，而我们的思想界和精神界的勇猛奋进的大将忽然撒手去了。

鲁迅先生去世的消息，我于一天半以后才在定县得到。10月20日的下午3点钟，我被零碎事情缠绕得还没有看当天的北平报，多承褚述初兄跑来告我这样一个惊人的消息。从此一直到夜晚，我就没有做一点工作，心头想的，口头说的，无非鲁迅先生。我没有哭。我本来不敏感，后来学镇定，最后却因受刺激多了，自然就成了麻木。但我觉得这一回我所受的刺激是近几年来少有的。

我回忆到25年以前去了。

我最初认识鲁迅先生是在绍兴的初级师范学堂。那一年是宣统三年（即1911年），我18岁，在绍兴初级师范学堂上学。浙江光复以后，绍兴军政府发表师范学堂的堂长是原来绍兴府学堂学监周豫才（树人）先生，就是日后的鲁迅先生。鲁迅先生到校和全校学生相见的那一天，穿一件灰色棉袍，头上却戴一顶陆军帽。这陆军帽的来历，以后我一直也没有机会问鲁迅先生，现在推想起来，大概是仙台医学专门学校的制服罢。鲁迅先生的谈话简明有力，内容现在自然记不得了，但那时学生欢迎新校长的态度，完全和欢迎新国家的态度一样，那种热烈的情绪在我回忆中还是清清楚楚的。

我是一个不大会和教师接近的人：一则我不用功，所以不需要请教；二则我颇厌倦于家庭中的恭顺有礼的生活，所以不大愿意去见师长。我和鲁迅先生的熟识却是因为职务，我那时正做着级长，常常得见学校的当局。记得一件奔走次数最多的事是学生轰走了英文教员，鲁迅先生的态度以为学生既要自己挑选教员，那么他便不再聘请了。我于是乎向校长和同学两方面奔走解释。那时鲁迅先生说："我有一个兄弟，刚刚从立教大学毕业回来，本来也可以请他教的；但学生的态度如此，我也不愿意提这个话了。"这指的便是周启明先生。同学听到这个消息以后，非要我努力请到这位校长的兄弟继任英文教员不可，但是我稚弱的言辞始终没有打动校长的坚决，英文讲席到底虚悬，只是年考时居然喜出望外的来了周启明先生给我们出题并监试。

鲁迅先生有时候也自己代课，代国文教员改文。学生们因为思想上多少得了鲁迅先生的启示，文字也自然开展起来。大概是目的在于增加青年们的勇气吧，我们常常得到夸奖的批语。我自己有一回竟在恭贺南京政府成立并改用阳历一类题目的文后得到“嬉笑怒骂皆成文章”八个字。直到现在 25 年了，我对这八个字还惭愧，觉得没有能副鲁迅先生的期望。

鲁迅先生不久辞了校长。后来知道鲁迅先生交卸的时候，学校里只剩了一毛多钱；也从旁处听见军政府如何欠付学款，及鲁迅先生如何辛苦撑持。那时候一切都混乱，青年们发现了革命党里也有坏人，给予简单的头脑一个不期待的打击。对于旧势力的抬头，这却是一个极好的机会。继任鲁迅先生作校长的，正如继任孙中山先生作总统的：这个对比，全国各地，无论上下，都极普遍。欠付学款的军政府，因为种种措施不妥，后来成了全绍兴攻击的目标，旧势力找到革命党的罅隙，乘机竭力的挣扎出来。青年们一般的陷入苦闷，我也不再进那个学校。

鲁迅先生跟着南京政府搬到北京，他的苦闷也许比一般青年更甚，只要看他在创作《狂人日记》以前几年，住在绍兴会馆钞古碑的生活就可知道。不过外面虽然现着异常孤冷，鲁迅先生的内心生活是始终热烈的，仿佛地球一般，外面是地壳，内面是熔岩。这熔岩是一切伟大事业的源泉，有自发的力，有自发的光，有自发的热，决不计较甚么毁誉。例如向金陵佛经流通处捐资刻《百喻经》，又如刊行《会稽郡故书杂集》，这种不含丝毫名利观念的提倡文化事业，甚至一切事业，在鲁迅先生的一生中到处可以看得出来。

凡是和鲁迅先生商量甚么事情，需要他一些助力的，他无不热烈真诚的给你助力。他的同情总是在弱者一面，他的助力自然更是用在弱者一面，即如他为《晨报副刊》写文字，就完全出于他要帮助一个青年学生的我，使我能把报办好，把学术空气提倡起来。我个人受他的精神的物质的鼓励，真是数也数不尽。当我初学写作的时候，鲁迅先生总是鼓励着说："如果不会创作，可以先翻译一点别国的作品；如果不会写纯文艺的东西，可以先写一点小品杂之类。"许多人都是受到鲁迅先生这种鼓励得到成功的，我也用了鲁迅先生这话鼓励过比我更年青的人，只是我自己太愚鲁，也太不用功，所以变成了例外。

至于为人处世，他帮忙我的地方更多了。鲁迅先生因为太热烈，太真诚，一生碰过多少次壁。这种碰壁的经验，发而为文章，自然全在这许多作品里；发而为口头的议论，则我自觉非常幸运，听到的乃至受用的，比任何经籍给我的还多。我是一个甚么事情也不会动手的人，身体又薄弱，经不起辛苦，鲁迅先生教我种种保卫锻炼的方法。现在想起来真是罪无可逭：我们一同旅行的时候，如到陕西，到厦门，到广州，我的铺盖常常是鲁迅先生替我打的。耶稣尝为门徒洗脚，我总要记起这个故事。

在陕西讲学，一个月时间得酬三百元。我们有 3 个人不到一个月便走了，鲁迅先生和我商量：只要够旅费，我们应该把陕西人的钱在陕西用掉。后来打听得易俗社的戏曲学校和戏园经费困难，我们便捐了一点钱给易俗社。还有一位先生对于艺术没有多少兴趣，那自然听便。西北大学的工友们招呼得很周到，鲁迅先生主张多给钱。还有一位先生说："工友既不是我们的父亲，又不是我们的儿子；我们下一趟不知甚么时候才来；我以为多给钱没有意义。"鲁迅先生当时堵着嘴不说话，后来和我说："我顶不赞成他的'下一趟不知甚么时候才来'说，他要少给让他少给好了，我们还是照原议多给。"

鲁迅先生居家生活非常简单，衣食住几乎全是学生时代的生活。他虽然作官十几年，教书十几年，对于一般人往往无法避免的无聊娱乐，如赌博，如旧戏，如妓院。他从未沾染丝毫。教育部的同人都知道他是怪人，而且知道这所谓怪者无非书生本色，所以大家都尊敬他。他平常只穿旧布衣，像一个普通大学生。西服的裤子总是单的，就是在北平的大冷天，鲁迅先生也永远穿着这样的单裤。

一天我听周老太太说，鲁迅先生的裤子还是 30 年前留学时代的，已经补过多少回，她实在看不过去了，所以叫周太太做了一条棉裤，等鲁迅先生上衙门的时候，偷偷地放在他的床上，希望他不留神能换上，万不料竟被他扔出来了。老太太认为我的话有时还能邀老师的信任，所以让我劝劝他。

鲁迅先生给我的答话却是不平庸的："一个独身的生活，决不能常往安逸方面着想的。岂但我不穿棉裤而已，你看我的棉被，也是多少年没有换的老棉花，我不愿意换。你再看我的铺板，我从来不愿意换藤绷或棕绷，我也从来不愿意换厚褥子。生活太安逸了，工作就被生活所累了。"这是的确的，鲁迅先生的房中只有床铺，网篮，衣箱，书案，这几样东西。万一甚么时候要出走，他只要把铺盖一卷，网篮或衣箱任取一样，就是登程的旅客了。他永远在奋斗的途中，从来不梦想甚么是较为安适的生活。他虽然处在家庭中，过的生活却完全是一个独身者。

鲁迅先生的北平寓所是他自己经营的。有一位教育部的同事李老先生最帮忙，在房屋将要完工的时候，我同鲁迅先生去看，李老先生还在那儿监工，他对我客气到使我觉察他太有礼貌了。我非常局促不安。鲁迅先生对他说："李先生不要太客气了，他还是我的学生。"李老先生的态度这才自然得多了。鲁迅先生自己待朋友，和朋友待他，大抵是如此义侠的。他把友敌分得非常清楚，他常常注意到某人是 Spy，某人是 Traitor，一个不干过革命工作的或只是寻常知识社会或商业社会的人是不大会了解的。他们只了解酒食征逐的或点头招手的相好。而鲁迅先生的朋友大抵是古道热肠。他后来同我说："你看李先生这种人真是好朋友，帮我那么多日子的忙，连茶水都不喝我一口的。"

李先生替鲁迅先生在北房之后接出一间房子去，用玻璃窗，近乎画室，作为鲁迅先生的写作场所，鲁迅先生和我便到这间房子中坐下。鲁迅先生说："我将来便住在这个老虎尾巴里。"因为这间房子是在全房屋的后面拖出一条去，颇像老虎之有尾巴；一直到鲁迅先生离开北平，一切写作及起居，都在这老虎尾巴之中。老虎尾巴的北面还有后园，自然是因为老虎尾巴而缩小多多了。散文诗《秋夜》的开头便说："在我的后园，可以看见墙外有两株树，一株是枣树，还有一株也是枣树。"这似乎便是鲁迅先生坐在老虎尾巴中的创作的第一篇。

到厦门，到广州，我和鲁迅先生都在一起。鲁迅先生到一处新地方，都是青年心理，抱一腔很大的希望。厦门风景的阔大旷野，可做的工作之多，初到时给予我们的印象实在深刻。后来固然因为广东方面的不能推卸，只有离开厦门到广东去，但是厦门的许多人事，我后来听鲁迅先生说，那真是初去时所不及料的。

广东给人的希望更多了。但是结果也如厦门一样。鲁迅先生后几年多用时间于写作，关于厦门和广州，都有详尽的记载；我却被武汉，欧洲，定县，这三段不同的生活所隔，有时翻阅鲁迅先生纪载华南景物的文字，竟有如同隔世之感。只是鲁迅先生从广州北返上海时，和我将从上海动身赴欧洲时，这中间我们有许多次谈话的印象至今还是深刻的。我从欧洲回国，以后便长期住在华北的农村里，曾有三四次经过上海，总是匆促的很。周乔峰先生在商务印书馆，访问比较方便，有时也正值鲁迅先生的住地不能公开，我于是只求乔峰先生代为问好，屈指一算违教已经八年了。

10月20日下午3点钟的消息，钩起我25年来的回忆。这回忆，用了25年的时间，清清楚楚的写在我的生活上，我无论如何没有法子再用笔墨翻译成文字的了。能翻译的也许只是最不精彩的一部分。

21日我到北平，22日往谒周老太太。鲁迅先生的客厅里原来挂着陶元庆先生所作的木炭画像，似乎略移到了居中一点；即在这画像前供了一张书案，上有清茶烟卷文具；等我和三弟春苔都凄然的致了敬礼，周太太陪我们到上房见老太太，先看见鲁迅先生的工作室"老虎尾巴"依旧，只是从此不会再有它的主人骑在上面，作鞭策全民族往前猛进的伟来了。

周老太太自然不免悲戚，但是鲁迅先生的伟大，很看得出大部分是秉承老太太的遗传的，只是老太太比鲁迅先生更温和、慈祥、旷达些。"论寿，五十六岁也不算短了；只是我的寿太长了些；譬如我去年死了，今年不是甚么也不知道了么？"听老太太这话，很像是读鲁迅先生的文章，内含的哲理和外形的笔法都是相像的。老太太今年才80，这样的谈风实在是期颐的寿征。只是周太太的凄楚神情，不禁也令我们感动。

"绝望之为虚妄，正与希望相同。"对于鲁迅先生躯体的生存，我们是已经绝望的了；但我们诵鲁迅先生的这句遗教，知道绝望也是虚妄的，那么我们还是转到希望一面，也许希望比绝望少虚妄一些，我们希望鲁迅先生的思想精神永远领导着我们勇猛奋进罢。

模朗吟教授

◎ 袁昌英

记得这是欧洲大战中一个朔风怒啸，霜封大地的清晨。一间暗淡阴森的课堂内，已经坐定了不少男女学生，一个个呵手蹬脚，意在暖寒。可是呵出来的气，却也以为空中太冷，一珠珠都飞到玻璃窗上，互相取暖。在嘈杂喃喃的细语中，我听明了一个女生说道：“模朗吟教授今天未必来上课”。这话原是向我同位的女同学说的。我不待她答，就急忙问道：“报上所载的模朗吟教授的儿子昨天在前线被害了，可就是她的？”“可不是她的！这是她第三个儿子为国家牺牲了。真太可怜！以后她就是孤孤单单一个人了。今天的希腊悲剧准的上不成”。她的声音里满含着凄惋与同情。上课钟终于发出暮鼓晨钟的音节，全堂顿时静肃如缄。呵手蹬足所拒抗不住的厉寒，却为这沉肃所征服了。大家精神焕发地凝视着讲台左侧的门，默伺它

的移动。各人的眼膜上果然触着一种波击。门开处，一个 50 来岁，头戴黑色方角博士帽，身披黑色宽大博士袍的女教授，憔悴容颜，惨淡面目，从容不迫地走上讲台。全体同学，不约而同的，如触电般同时站起，向她整整低头五分钟。她不胜了，眼泪如泉奔如川决，簌簌然直流而下。这神圣的五分钟纯为无声的悲哀所盘据。最后，她擦干了眼泪，一声“请坐”，就开始讲论七军攻笛博城的伟大悲剧了。声音宏亮气概激昂，可是哀思凄恻痛隐眉抄，仿佛哀蒂阿克利就是她自己的儿了。身世坎坷，人生难免。可是以一弱女子，能以这种不屈不挠，敛神忍痛的态度担当之，而孜孜不息地履行自己的职务，这是多末沉毅而悲壮的精神！

两法师

◎ 叶圣陶

在到功德林会见弘一法师的路上，怀着似乎从来不曾有过的洁净的心情；也可以说带着渴望，不过与希冀看一出著名的电影剧等的渴望并不一样。

弘一法师就是李叔同先生，我最初知道他在民国初年；那时上海有一种《太平洋报》，其艺术副刊由李先生主编，我对于副刊所载他的书画篆刻都中意。以后数年，听人说李先生已经出了家，在西湖某寺。游西湖时，在西泠印社石壁上见到李先生的“印藏”。去年子恺先生刊印《子恺漫画》，丏尊先生给它作序文，说起李先生的生活，我才知道得详明些；就从这时起，知道李先生现在称弘一了。

于是不免向子恺先生询问关于弘一法师的种种。承他详细见告。十分感兴趣之余，自然来了见一见的愿望，就向子恺先生说了。“好的，待有机缘，我同你去见他。”子恺先生的声调永远是这样朴素而真挚的。以后遇见子恺先生，他常常告诉我弘一法师的近况：记得有一次给我看弘一法师的来信，中间有“叶居士”云云，我看了很觉渐愧，虽然“居士”不是什么特别的尊称。

前此一星期，饭后去上工，劈面来三辆人力车。最先是个和尚，我并不措意。第二是子恺先生，他惊喜似地向我颠头。我也颠头，心里就闪电般想起“后面一定是他”。力车夫跑得很快，第三辆一霎经过时，我见坐着的果然是个和尚，清癯的脸，颔下有稀疏的长髯。我的感情有点激动，“他来了！”这样想着，屡屡回头望那越去越远的车篷的后影。

第二天，就接到子恺先生的信，约我星期日到功德林去会见。

是深深尝了世间味，探了艺术之宫的，却回过来过那种通常以为枯寂的持律念佛的生活，他的态度该是怎样，他的言论该是怎样，实在难以悬揣。因此，在带着渴望的似乎从来不曾有过的洁净的心情里，还掺着些惴悦的成份。

走上功德林的扶梯，被侍者导引进那房间时，近十位先到的恬静地起立相迎。靠窗的左角，正是光线最明亮的地方，站着那位弘一法师，带笑的容颜，细小的眼眸子放出晶莹的光。丐尊先生给我介绍之后，叫我坐在弘一法师的侧边。弘一法师坐下来之后，就悠然数着手里的念珠。我想一颗念珠一声“阿弥陀佛”吧。本来没有什么话要向他谈，见这样更沉人近乎催眠状态的凝思，言语是全不需要了。可怪的是在座一些人，或是他的旧友，或是他的学生，在这难得的会晤时，似乎该有好些抒情的话与他谈，然而不然，大家也只默然不多开口。未必因僧俗殊途，尘净异致，而有所矜持吧。或许他们以为这样默对一二小时，已胜于10年的晤谈了。

晴秋的午前的时光在恬然的静默中经过，觉得有难言的美。

随后又来了几位客，向弘一法师问几时来的，到什么地方去那些话。他的回答总是一句短语；可是殷勤极了，有如倾诉整个心愿。

因为弘一法师是过午不食的，11点钟就开始聚餐。我看他那曾经挥洒书画弹奏钢琴的手郑重地夹起一荚豇豆来，欢喜满足地送入口中去咀嚼的那种神情，真惭愧自己平时的乱吞胡咽。

“这碟子是酱油吧?”

以为他要酱油，某君想把酱油碟子移到他前面。

“不，是这个日本的居士要。”

果然，这位日本人道谢了，弘一法师于无形中体会到他的愿欲。

石岑先生爱谈人生问题，著有《人生哲学》，席间他请弘一法师谈些关于人生的意见。

“惭愧，”弘一法师虔敬地回答，“没有研究，不能说什么。”

以学佛的人对于人生问题没有研究，依通常的见解，至少是一句笑话。那么，他有研究而不肯说么？只看他那殷勤真挚的神情，见得这样想时就是罪过。他的确没有研究。研究云者，自己站在这东西的外面，而去爬剔、分析、检察这东西的意思。像弘一法师，他一心持律，一心念佛，再没有站到外面去的余裕。哪里能有研究呢？

我想，问他像他这样的生活，觉得达到了怎样一种境界，或者比较落实一点儿。然而健康的人不自觉健康，哀乐的当时也不能描状哀乐；境界又岂是说得出的。我就把这意思遣开；从侧面看弘一法师的长髯以及眼边细密的皱纹，出神久之。

饭后，他说约定了去见印光法师。谁愿意去可同去。印光法师这个名字知道得很久了，并且见过他的文抄，是现代净土宗的大师，自然也想见一见。同去者计七八人。

决定不坐人力车，弘一法师拔脚就走，我开始惊异他步履的轻捷。他的脚是赤着的，穿一双布缕缠成的行脚鞋。这是独特健康的象征啊，同行的一群人哪里有第二双这样的脚。

惭愧，我这年轻人常常落在他背后。我在他背后这样想：

他的行止笑语，真所谓纯任自然，使人永不能忘。然而在这背后却是极严谨的戒律。丏尊先生告诉我，他曾经叹息中国的律宗有待振起，可见他是持律极严的。他念佛，他过午不食，都为的持律。但持律而到达非由“外铄”的程度，人就只觉得他一切纯任自然了。

似乎他的心非常之安，躁忿全消，到处自得；似乎他以为这世间十分平和，十分宁静，自己处身其间，甚而至于会把它淡忘。这因为他把所谓万象万事划开了一部分，而生活在留着的一部分内之故。这也是一种生活法，宗教家大概采用这种生活法。

他与我们差不多处在不同的两个世界。就如我，没有他的宗教的感情与信念，要过他那样的生活是不可能的。然而我自己以为有点儿了解他，而且真诚地敬服他那种纯任自然的风度。哪一种生活法好呢？这是愚笨的无意义的问题。只有自己的生活法好，别的都不行，夸妄的人却常常这么想。友人某君曾说他不曾遇见一个人他愿意把自己的生活与这个人对调的，这是踌躇满志的话。人本来应当如此，否则浮漂浪荡，岂不像没舵之舟。然而某君又说尤其要紧的是同时得承认别人也未必愿意与我对调。这就与夸妄的不同了；有这么一承认，非但不菲薄别人，并且致相当的尊敬。彼此因观感而潜移默化的事是有的。虽说各有其生活法，究竟不是不可破的坚壁，所谓圣贤者转移了什么什么人就是这么一回事。但是板着面孔专事菲薄别人的人决不能转移了谁。

到新闻太平寺，有人家借这里办丧事，乐工以为吊客来了，预备吹打起来。及见我们中间有一个和尚，而且问起的也是和尚，才知道误会，说道，“他们都是佛教里的。”

寺役去通报时，弘一法师从包袱里取出一件大袖僧衣来(他平时穿的，袖子与我们的长衫袖子一样)，恭而敬之地穿上身，眉宇间异样地静穆。我是欢喜四处看望的，见寺役走进去的沿街的那个房间里，有个躯体硕大的和尚刚洗了脸，背部略微伛着，我想这一定就是了。果然，弘一法师头一个跨进去时，就对这位和尚屈膝拜伏，动作严谨且安详。我心里肃然。有些人以为弘一法师该是和尚里的浪漫派，看见这样可知完全不对。

印光法师的皮肤呈褐色，肌理颇粗，一望而知是北方人；头顶几乎全秃，发光亮；脑额很阔；浓眉底下一双眼睛这时虽不戴眼镜，却用戴了眼镜从眼镜上方射出来眼光来的样子看人，嘴唇略微皱瘪，大概 60 左右了。弘一法师与印光法师并肩而坐，正是绝好的对比，一个是水样的秀美，飘逸，一个是山样的浑朴，凝重。

弘一法师合掌恳请了，“几位居士都欢喜佛法，有曾经看了禅宗的语录的，今来见法师，请有所开示，慈悲，慈悲。”

对于这“慈悲，慈悲”，感到深长的趣味。

“嗯，看了语录。看了什么语录?”印光法师的声音带有神秘味。我想这话里或者就藏着机锋吧。没有人答应。弘一法师就指石岑先生，说这位先生看了语录的。

石岑先生因说也不专看哪几种语录，只曾从某先生研究过法相宗的义理。

这就开了印光法师的话源。他说学佛须要得实益，徒然嘴里说说，作几篇文字，没有道理；他说人眼前最紧要的事情是了生死，生死不了，非常危险；他说某先生只说自己才对，别人念佛就是迷信，真不应该。他说来声色有点儿严厉，间以呵喝。我想这触动他旧有的忿忿了。虽然不很清楚佛家的“我执”“法执”的函蕴是怎样，恐怕这样就有点儿近似。这使我未能满意。

弘一法师再作第二次恳请，希望于儒说佛法会通之点给我们开示。

印光法师说二者本一致，无非教人父慈子孝兄友弟恭等等。不过儒家说这是人的天职，人若不守天职就没有办法。佛家用因果来说，那就深奥得多。行善就有福，行恶就吃苦。人谁愿意吃苦呢？——他的话语很多，有零星的插话，有应验的故事，从其间可以窥见他的信仰与欢喜。他显然以传道者自任，故遇有机缘不惮尽力宣传；宣传家必有所执持又有所排抵，他自也不免。弘一法师可不同，他似乎春原上一株小树，毫不愧怍地欣欣向荣，却没有凌驾旁的卉木而上之的气概。

在佛徒中，这位老人的地位崇高极了，从他的文抄里，见有许多的信徒恳求他的指示，仿佛他就是往生净土的导引者。这想来由于他有很深的造诣，不过我们不清楚。但或者还有别一个原因。一般信徒觉得那个“佛”太渺远了，虽然一心皈依，总不免感到空虚；而印光法师却是眼睛看得见的，认他就是现世的“佛”，虔敬崇奉，亲接謦欬，这才觉得着实，满足了信仰的欲望。故可以说，印光法师乃是一般信徒用意想来装塑成功的偶像。

弘一法师第三次“慈悲，慈悲”地恳求时，是说这里有讲经义的书，可让居士们“请”几部回去。这个“请”字又有特别的味道。

房间的右角里，装钉作似的，线装、平装的书堆着不少：不禁想起外间纷纷飞散的那些宣传品。由另一位和尚分派，我分到黄智海演述的《阿弥陀经白话解释》，大圆居士说的《般若波罗密多心经口义》，李荣祥编的《印光法师嘉言录》三种。中间《阿弥陀经白话解释》最好，详明之至。

于是弘一法师又屈膝拜伏，辞别。印光法师颠着头，从不大敏捷的动作上显露他的老态。待我们都辞别了走出房间，弘一法师伸两手，郑重而轻捷地把两扇门拉上了。随即脱下那件大袖的僧衣，就人家停放在寺门内的包车上，方正平贴地把它折好包起来。

弘一法师就要回到江湾子恺先生的家里，石岑先生予同先生和我就向他告别。这位带有通常所谓仙气的和尚，将使我永远怀念了。

我们三个在电车站等车，滑稽地使用着“读后感”三个字，互诉对于这两位法师的感念。就是这一点，已足证我们不能为宗教家了，我想。

怀念熊十力先生

冯友兰

熊十力先生一生治学所走的道路，就是宋明道学家们所走的道路。大多数道学家的传记中往往都有这几句话："泛滥于佛老者数十年，返求于六经，而后得之。"这个"之"字指的就是他们所认为的真理。

熊先生正是这样。但是，他比宋明道学家们又多做了一件事。他于返回六经之后，又回到佛学，清算了佛学中的一笔老帐，澄清了佛学中的一个问题。

我认为，在中国佛教和佛学的发展过程中，有一场大辩论，有一个根本问题。那一场大辩论，就是"神灭"或"神不灭"的大辩论。这是佛教内和佛教外的人的大辩论。那一个根本问题是客观唯心主义和主观唯心主义之间的问题。这是佛教和佛学内部的问题。一切诸法唯心所现，这是佛教和佛学的各派所公认的。但是，这个心是个体的心或宇宙的心，各派的见解则有不同。主张个体的心的是主观唯心主义，主张宇宙的心的是客观唯心主义。这是一个根本问题，贯穿于中国佛教和佛学的整个发展过程中。禅宗也是围绕这个问题而发生争论，分为派别的。

那个根本问题就是中国佛学中的那笔老帐。熊先生的《新唯识论》，就是一部清算那笔老帐、澄清那个问题的著作。隋唐之际，佛教中的客观唯心主义比较占优势，这是不合佛教原来的教义的。在这个根本问题上，佛教内部有点混乱，玄奘往印度留学，一观究竟，回来之后，作《成唯识论》，主张主观唯心主义。法藏与他不和，退出他的班子。熊先生的《新唯识论》直接向《成唯识论》提出批评，这同法藏退出玄奘的班子有同样的意义。

熊先生的《新唯识论》，主张没有离识之境，这是他和《成唯识论》相同的地方，但他又认为“取境之识，亦是妄心”。就是说，所谓识是个体的心，对于宇宙的心来说，这个识也是妄心，宇宙的心才是真心。这个论断就是《新唯识论》之所以为新的地方。

熊先生的《新唯识论》一出来，就受到旧唯识者的围攻。他们发表了《破新唯识论》，熊先生答之以《破破新唯识论》。他是自己确有所见，所以能够坚持不移。

熊先生在世时，他的哲学思想不甚为世人所了解，晚年生活尤为不快。但在50年代他还能发表几部稿子。在他送我的书中，有一部的扉页上写道："如不要时，烦交一可靠之图书馆。"由今思之，何其言之悲耶！

现在了解熊先生的人逐渐多了，他的哲学思想逐渐为世人所了解。我也恰好在这个时候，完成了《中国哲学史新编》中的隋唐佛学的那一段，对于熊先生在中国佛学中的地位，有进一步的了解，如上所说者。《新编》的下一段是宋明道学。在完成那一段的时候，当能对熊先生所得于六经者，有进一步的了解。

凡此诸了解，恨不能起熊先生于地下而就正也！

我所景仰的蔡先生之风格

◎ 傅斯年

有几位北大同学鼓励我在本日特刊中写一篇蔡先生的小传。我以为能给蔡先生写传，无论为长久或为一时，都是我辈最荣幸的事。不过，我不知我有无此一能力。且目下毫无资料，无从着笔，而特刊又急待付印，所以我今天只能写此一短文。至于编辑传记的资料，是我的志愿，而不是今天便能贡献给读者的。

凡认识蔡先生的，总知道蔡先生宽以容众，受教久的，更知道蔡先生的脾气，不特不严责人，并且不滥奖人，不像有一种人的脾气，称扬则上天，贬责则入地。但少人知道，蔡先生有时也很严词责人。我以受师训备僚属有 25 年之长久，颇见到蔡先生气责人的事。他人的事我不敢说，说和我有关的。

（一）蔡先生到北大的第一年中，有一个同学，长成一副

小官僚的面孔，又做些不满人意的事，于是同学某某在西斋(寄宿舍之一)壁上贴了一张“讨伐”的告示；两天之内，满墙上出了无穷的匿名文件，把这个同学骂了个“不亦乐乎”。其中也有我的一件，因为我也极讨厌此人，而我的匿名揭帖之中，表面上都是替此君抱不平，深的语意，却是挖苦他。为同学们赏识，在其上浓圈密点，批评狼藉。这是一时学校中的大笑话。过了几天，蔡先生在一大会中演说，最后说到此事，大意是说：

诸位在墙壁上攻击□□君的事，是不合做人的道理的。诸君对□君不满，可以规劝，这是同学的友谊。若以为不可规劝，尽可对学校当局说。这才是正当的办法。至于匿名揭帖，受之者纵有过，也决不易改悔，而施之者则为丧失品性之开端。凡作此事者，以后都要痛改前非，否则这种行动，必是品性沉沦之渐。

这一篇话，在我心中生了一个大摆动。我小时，有一位先生教我“正心”“诚意”“不欺暗室”，虽然《大学》念得滚熟，却与和尚念经一样，毫无知觉；受了此番教训，方才大彻大悟，从此做事，决不匿名，决不推自己责任。大家听蔡先生这一段话之后印象如何我不得知，但北大的匿名“壁报文学”从此减少，几至绝了迹。

(二)蔡先生第二次游德国时，大约是在民国十三年吧，那时候我也是在柏林。待蔡先生到后，我们几个同学自告奋勇照料先生，凡在我的一份中，无事不办了一个稀糟。我自己自然觉得非常惭愧，但蔡先生从无一毫责备。有一次，一个同学给蔡先生一个电报，说是要从莱比锡来看蔡先生。这个同学出名的性情荒谬，一面痛骂，一面要钱，我以为他此行必是来要钱，而蔡先生正是穷得不得了，所以与三四同学主张去电谢绝他，以此意陈告先生。先生沉吟一下说："《论语》上有几句话，'人洁己以进，与其洁也，不保其往也，与其进也，不与其退也，唯何甚。'你说他无聊，但这样拒人于千里之外，他能改了他的无聊吗？"

于是我又知道读《论语》是要这样读的。

（三）北伐胜利之后，我们的兴致很高。有一天在先生家中吃饭，有几个同学都喝醉了酒，蔡先生喝的更多，不记得如何说起，说到后来我便肆口乱说了。我说："我们国家整理好了，不特要灭了日本小鬼，就是西洋鬼子，也要把他赶出苏伊士运河以西，自北冰洋至南冰洋，除印度、波斯、土耳其以外，都要'郡县之'。"蔡先生听到这里，不耐烦了，说："这除非你作大将。"蔡先生说时，声色俱厉，我的酒意也便醒了。

此外如此类者尚多，或牵连他人，或言之太长，姑不提。即此三事，已足证先生责人之态度是如何诚恳而严肃的，如何词近而旨远的。

蔡先生之接物，有人以为滥，这全不是事实，是他在一种高深的理想上，与众不同。大凡中国人以及若干人，在法律之

应用上，是先假定一个人有罪，除非证明其无罪；西洋近代之法律是先假定一人无罪，除非证明其有罪。蔡先生不特在法律上如此，一切待人接物，无不如此。他先假定一个人是善人，除非事实证明其不然。凡有人以一说进，先假定其意诚，其动机善，除非事实证明其相反。如此办法，自然要上当，但这正是《孟子》所谓“君子可以欺其方，难罔以非其道”了。

若以为蔡先生能恕而不能严，便是大错了，蔡先生在大事上是丝毫不苟的。有人若做了他以为大不可之事，他虽不说，心中却完全当数：至于临艰危而不惧，有大难而不惑之处，直有古之大宗教家可比，虽然他是不重视宗教的。关于这一类的事，我只举一个远例。

在五四前若干时，北京的空气，已为北大师生的作品动荡得很了。北洋政府很觉得不安，对蔡先生大施压力与恫吓，至于侦探之跟随，是极小的事了。有一天晚上，蔡先生在他当时的一个“谋客”家中谈起此事，还有一个谋客也在。当时蔡先生有此两谋客，专商量如何对付北洋政府的，其中的那个老谋客说了无穷的话，劝蔡先生解陈独秀先生之聘，并要约制胡适之先生一下，其理由无非是要保存机关，保存北方读书人，一类似是而非之谈。蔡先生一直不说一句话。直到他们说了几个钟头以后，蔡先生站起来说：“这些事我都不怕，我忍辱至此，皆为学校，但忍辱是有止境的。北京大学一切的事，都在我蔡元培一人身上，与这些人毫不相干。”这话在现在听来或

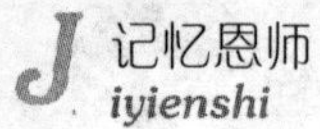

不感觉如何，但试想当年的情景，北京城中，只是些北洋军匪、安福贼徒、袁氏遗孽，具人形之识字者，寥寥可数，蔡先生一人在那里办北大，为国家种下读书爱国革命的种子，是何等大无畏的行事！

蔡先生实在代表两种伟大的文化，一是中国传统圣贤之修养，一是法兰西革命中标揭自由平等博爱之理想。此两种伟大文化，具其一已难，兼备尤不可觏。先生殁后，此两种伟大文化在右国之寄象已亡矣！至于复古之论，欧化之谈，皆皮毛渣滓，不足论也。

我所见的陶行知先生

◎ 茅　盾

行知先生是教育家，而且是前进的被统治者视为洪水猛兽的教育家；他的教育理论完全站在人民的立场，可以说是人民本位的教育。他的教育理论在我看来，可以用一句话来概括：适应人民的要求而又提高人民的要求。倘用另一方式，这句话便是：做人民的老师同时又做人民的学生。晓庄师范、上海工学团、育才学校，都是陶先生实验他的理论的事业，从晓庄到育才，我们可以看到陶先生的实验方式有了改革，但原则上还是一贯的，可以说，因为时代在前进，陶先生对于自己的理论更有自信，同时也有了重要的发展，使其更具彻底性。最近他计划中的社会大学则是他想把他的理论推到实验的最高峰，几乎可以说是推到了近于“乌托邦”。然而社会大学决不是“乌托邦”。他是一种以现实为基础的可能一步一步实现的理想；

然他的整个计划看起来颇为“罗曼谛克”，但理论上只是上面说过的那一句平凡的话：适应人民的要求而又提高人民的要求。

看行知先生的外貌，朴实平易，其不“漂亮”与多土气，比江浙乡下老秀才更甚，至于一般的上海的小学教员谁都比他漂亮些，洋气些。这样一个和“罗曼谤克”一字是连不起来的。可是我总觉得他是一个“浪漫派”，彻头彻尾的“浪漫派”。他干的是教育，但是他的口里是个“诗人”。他的诗人气质非常浓厚，他不但写了许多诗，他的“育才”和“社会大学”也是“诗”，可惜两者都是未完成的杰作。他讴歌创造，拥护育才，颂扬劳动，他为我们唱未来的理想之歌，用脑用手再不分家，人人能发挥天才，人人能创造。看呀，不是“浪漫派”，敢说这样天马行空的话么——尤其是教育家，尤其是并非徒托空言而在实验的教育家。

初识行知先生，会觉得他是一位古板的老先生，日子久了，来往多了，你就觉得这位古板的老先生骨子里是个“顽皮的小孩子”；他日常扁起嘴巴不多发言，好像冷冰冰毫不动感情，但他一开口讲演，可真是热情澎湃，这又是他的诗人气质之流露。

有人说：正因为行知先生本质上是“浪漫派的诗人”，所以他开创事业的气魄有余，而发展事业的组织力不足。这批评，在一方面看来，容或可以成立，然而事业之不能尽如理想发展尚有一最大原因，即环境之恶劣。行知先生自办晓庄以来，无日不受压迫；他日常忙于筹划经费，消耗了很多的精力，即如这次他的死，也和他的过分疲劳（为社会大学之经费奔走）有大部分的关系的。

书塾与学堂

郁达夫

从前我们学英文的时候，中国自己还没有教科书，用的是一册英国人编了预备给印度人读的同纳氏文法是一路的读本。这读本里，有一篇说中国人读书的故事。插画中画着一位年老背曲拿烟管带眼镜拖辫子的老先生坐在那里听学生背书，立在这先生前面背书的，也是一位拖着长辫的小后生。不晓为什么原因，这一课的故事，对我印象特别的深，到现在我还约略谙诵得出来。里面曾说到中国人读书的奇习，说："他们无论读书背书时，总要把身体东摇西扫，摇动得像一个自鸣钟的摆。"这一种读书背书时摇摆身体的作用与快乐，大约是没有在从前的中国书塾里读过书的人所永不能了解的。

我的初上书塾去念书的年龄，却说不清楚了，大约总在七八岁的样子；只记得有一年冬天的深夜，在烧年纸的时候，我已经有点朦胧想睡了，尽在擦眼睛，打呵欠，忽而门外来了一位提着灯笼的老先生，说是来替我开笔的。我跟着他上了香，对孔子的神位行了三跪九叩之礼；立起来就在香案前面的一张桌上写了一张上大人的红字，念了四句“人之初，性本善”的《三字经》。第二年的春天，我就夹着绿布书包，拖着红丝小辫，摇摆着身体，成了那册英文读本里的小学生的样子了。

经过了30余年岁月，把当时的苦痛，一层层地摩擦干净，现在回想起来，这书塾里的生活，实在是快活得很。因为要早晨坐起一直坐到晚的缘故，可以助消化，健身体的运动，自然只有身体的死劲摇摆与放大喉咙的高叫了。大小便，是学生们监禁中暂时的解放，故而厕所就变作了乐园。我们同学中间的一位最淘气的，是学官陈老师的儿子，名叫陈方；书塾就系附设在学宫里面的。陈方每天早晨，总要大小便十二三次，后来弄得先生没法，就设下了一枝令签，凡须出塾上厕所的人，一定要持签而出，于是两人同去，在厕所里捣鬼的弊端革去了，但这令签的争夺，又成了一般学生们的惟一的娱乐。

陈方比我大四岁，是书塾里的头脑；象春香闹学似的把戏，总是由他发起，由许多虾兵蟹将来演出的，因而先生的挞伐，也以落在他一个人的头上者居多。不过同学中间的有几位狡滑的人，委过于他，使他冤枉被打的事情也着实不少；他明知道辩不清的，每次替人受过之后，总只张大了两眼，滴落几滴大泪点，摸摸头上的痛处就了事。我后来进了当时由书院改

建的新式的学堂，而陈方也因他父亲的去职而他迁，一直到现在，还不曾和他有第二次见面的机会；这机会大约是永也不会再来了，因为国共分家的当日，在香港仿佛曾听见人说起过他，说他的那一种惨死的样子，简直和杜格纳夫所描写的卢亭，完全是一样。

由书塾而到学堂！这一个转变，在当时的我的心里，比从天上飞到地上，还要来得大而且奇。其中的最奇之处，是我一个人，在全校的学生当中，身体年龄，都属最小的一点。

当时的学堂，是一般人的崇拜和惊异的目标。将书院的旧考棚撤去了几排，一间象鸟笼似的中国式洋房造成功的时候，甚至离城有五六十里路远的乡下人，都成群结队，带了饭包雨伞，走进城来挤看新鲜。在校舍改造成功的半年之中，“洋学堂”的三个字，成了茶店酒馆，乡村城市里的谈话的中心；而穿着奇形怪状的黑斜纹布制服的学堂生，似乎都是万能的张天师，人家也在侧目而视，自家也在暗鸣得意。

一县里惟一的这县立高等小学堂的堂长，更是了不得的一位大人物，进进出出，用的是蓝呢小轿；知县请客，总少不了他。每月第四个礼拜六下午作文课的时候，县官若来监课，学生们特别有两个肉馒头好吃；有些住在离城十余里的乡下的学生，于作文课完后回家的包裹里，往往将这两个肉馒头包得好好，带回乡下去送给邻里尊长，并非想学颍考叔的纯孝，却因为这肉馒头是学堂里的东西，而又出于知县官之所赐，吃了是可以驱邪启智的。

实际上我的那一班学堂里的同学，确有几位是进过学的秀才，年龄都在30左右；他们穿起制服来，因为背形微驼，样子有点不大雅观，但穿了袍子马褂，摇摇摆摆走回乡下去的态度，却另有着一种堂皇严肃的威仪。

初进县立高等小学堂的那一年年底，因为我的平均成绩，超出了八十分以上，突然受了堂长知县的提拔，令我和四位其他的同学跳过了一班，升人了高两年的级里；这一件极平常的事情，在县城里居然也耸动了视听，而在我们的家庭里，却引起了一场很不小的风波。

是第二年春天开学的时候，我们的那位寡母，辛辛苦苦，调集了几块大洋的学费书籍费缴进学堂去后，我向她又提出一个无理的要求，硬要她去为我买一双皮鞋来穿。在当时的我的无邪的眼里，觉得在制服下穿上一双皮鞋，挺胸伸脚，得得得得地在石板路上走去，就是世界上最光荣的事情；跳过了一班，升进了一级的我，非要如此打扮，才能够压服许多比我大一半年龄的同学的心。为凑集学费之类，已经罗掘得精光的我那位母亲，自然是再也没有两块大洋的余钱替我买皮鞋了，不得已就只好老了面皮，带着了我，上大街上的洋广货店里去赊去；当时的皮鞋，是由上海运来，在洋广货店里寄售的。

一家，两家，三家，我跟了母亲，从下街走起，一直走到了上街尽处的那一家隆兴字号。店里的人，看我们进去，先都

非常客气，摸摸我的头，一双一双的皮鞋拿出来替我试脚；但一听到了要赊欠的时候，却同样地都白了眼，作一脸苦笑，说要去问帐房先生的。而各个帐房先生，又都一样地板起了脸，放大了喉咙，说是赊欠不来。到了最后那一家隆兴里，惨遭拒绝赊欠的一瞬间，母亲非但涨红了脸，我看见她的眼睛，也有点红起来了。不得已只好默默地旋转了身，走出了店；我也并无言语，跟在她的后面走回家来。到了家里，她先掀着鼻涕，上楼去了半天后；后来终于带了一大包衣服，走下楼来了，我晓得她是将从后门走出，上当铺去以衣服抵押现钱的；这时候，我心酸极了，哭着喊着，赶上了后门边把她拖住，就绝命的叫说：

“娘，娘！您别去罢！我不要了，我不要皮鞋穿了！那些店家！那些可恶的店家！”

我拖住了她跪向了地下，她也呜呜地放声哭了起来。两人的对泣，惊动了四邻，大家都以为是我得罪了母亲，走拢来相劝。我愈听愈觉得悲凉，母亲也愈哭愈是厉害，结果还是我重赔了不是，由间壁的大伯伯带走，走上了他们的家里。

自从这一次的风波之后，我非但皮鞋不着，就是衣服用具，都不想用新的了。拼命的读书，拼命的和同学中的贫苦相往来，对有钱的人，经商的人仇视等，也是从这时候而起的。当时虽还只有十一二岁的我，经了这一番波折，居然有起老成人的样子来了，直到现在，觉得这一种怪癖的性格，还是改不

转来。

到了我十三岁的那一年冬天，是光绪三十四年，皇帝死了；小小的富阳县里，也来了哀诏，发生了许多议论。熊成基的安徽起义，无知幼弱的傅仪的入嗣，帝室的荒淫，种族的歧异等等，都从几位看报的教员的口里，传入了我们的耳朵。而对于我印象最深的，是一位国文教员拿给我们看的报纸上的一张青年军官的半身肖像。他说，这一位革命义士，在哈尔滨被捕，在吉林被满清的大员及汉族的大卖国奴等生生地杀掉了；我们要复仇，我们要努力用功。所谓种族，所谓革命，所谓国家等等的概念，到这时候，才隐约地在我脑海里生了一点儿根。

记黄小泉先生

◎ 郑振铎

我永远不能忘记了黄小泉先生。他是那样的和蔼、忠厚、热心、善诱。受过他教诲的学生们没有一个能够忘记了他。

他并不是一位出奇的人物；他没有赫赫之名；他不曾留下什么有名的著作，他不曾建立下什么令年青人眉飞色舞的功勋。他只是一位小学教员，一位最没有野心的忠实的小学教员。他一生以教人为职业。他教导出不少位的很好的学生。他们都跑出他的前面，跟着时代走去，或被时代拖了走去。但他留在那里，永远的继续的在教诲，在勤勤恳恳的做他的本分的事业。他做了15年，做了10年，做了20年的小学教员；心无旁骛，志不他迁，直到他儿子炎甫承继了他的事业之后，他方才歇下他的担子，去从事一件比较轻松些，舒服些的工作。

他是一位最好的公民。他尽了他所应尽的最大的责任；不曾一天躲过懒，不曾想到过变更他的途程。——虽然在这20年间尽有别的机会给他向比较轻松些，舒服些的路上走去。他只是不息不倦的教诲着，教诲着，教诲着。

小学校便是他的家庭之外的惟一的工作与游息之所。他没有任何不良的嗜好。连烟酒也都不入口。

有一位工人出身的厂主，在他从绑票匪的铁腕之下脱逃出来的时候，有人问他道：“你为什么会不顾生死的脱逃出来呢?”

他答道：“我知道我会得救。我生平不曾做过一件亏心的事，从工厂出来便到礼拜堂；从家里出来便到工厂。我知道上帝会保佑我的。”

小泉先生的工厂，便是他的学校，而他的礼拜堂也便是他的学校。他是确确实实的不曾到过第三个地方去；从家里出来便是学校，他学校出来便到家里。

他在家里是一位最好的父亲。他当然不是一位公子少爷，他父亲不曾为他留下多少遗产。也许只有一所三四间屋的瓦房——我已经记不清了，说不定这所瓦房还是租来的。他的薪水的收入是很微小的。但他的家庭生活很快活。他的儿子炎甫从少是在他的“父亲兼任教师”的教育之下长大的。炎甫进了中学，可以自力研究了，他才放手。但到了炎甫在中学毕业之后，却因为经济的困难，没有希望升学，只好也在家乡做着小学教员。炎甫的收入极小，对于他的帮助当然是不多。这几十年间，他们的一家，这样的在不充裕的生活里度过。

但他们很快活。父子之间，老是像朋友似的在讨论着什么，在互相帮助着什么。炎甫结了婚。他的妻是我少时候很熟悉的一位游伴。她在她们家里觉得很舒服。他们从不曾有过什么不愉快的争执。

小泉先生在学校里，对于一般小学生的态度，也便是象对待他自己的儿子炎甫一样；不当他们是被教诲的学生们，不以他们为知识不充足的小人们；他只当他们是朋友，最密切亲近的朋友。他极善诱导启发，出之以至诚，发之于心坎。我从不曾看见他对于小学生有过疾言厉色的责备。有什么学生犯下了过错，他总是和蔼的在劝告，在絮谈，在闲话。

没有一个学生怕他，但没有一个学生不敬爱他。

他做了 20 年的高等小学校的教员，校长。他自己原是科举出身。对于新式的教育却努力的不断的在学习，在研究，在讨论。在内地，看报的人很少，读杂志的人更少；我记得他却订阅了一份《教育杂志》这当然给他以不少的新的资料与教导法。

他是一位教国文的教师。所谓国文，本来是最难教授的东西；清末到民国六七年间的高等小学的国文，尤其是困难中之困难。不能放弃了旧的四书五经，同时又必须应用到新的教科书。教高小学生以《左传》、《孟子》和《古文观止》之类是

“对牛弹琴”之举。但小泉先生却能给我们以新鲜的材料。

我在别一个小学校里，国文教员拖长了声音，板正了脸孔、教我读《古文观止》。我至今还恨这部无聊的选本！

但小泉先生教我念《左传》，他用的是新的方法，我却很感到趣味。

仿佛是，到了高小的第二年，我才跟从了小泉先生念书。我第一次有了一位不可怕而可爱的先生。这对于我爱读书的癖性的养成是很有关系的。

高小毕业后，预备考中学。曾和炎甫等几个同学，在一所庙宇里补习国文。教员也便是小泉先生。在那时候，我国文，进步得最快。我第一次学习着作文。我永远不能忘记了那时候的快乐的生活。

到进了中学校，那国文教师又在板正了脸孔，拖长了声音在念《古文观止》！求小泉先生时代那末活泼善诱的国文教师是终于不可得了！

所以，受教的日子虽不很多，但我永远不能忘记了他。

他和我家有世谊，我和炎甫又是很好的同学，所以，虽离开了他的学校，他还不断的在教诲我。

假如我对于文章有什么一得之见的话，小泉先生便是我的真正的“启蒙先生”，真正的指导者。

我永远不能忘记了他，永远不能忘记了他的和蔼，忠厚，热心，善诱的态度——虽然离开了他已经有十几年，而现在是

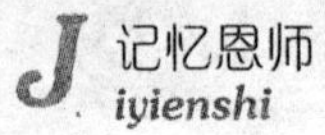

永不能有再见到他的机会了。

但他的声音笑貌在我还鲜明如昨日！

1934年7月9日在张家口车上

宗月大师

老　舍

在我小的时候，我因家贫而身体很弱，我 9 岁才入学。因家贫体弱，母亲有时候想教我去上学，又怕我受人家的欺侮，更因交不上学费，所以一直到 9 岁我还不识一个字。说不定，我会一辈子也得不到读书的机会。因为母亲虽然知道读书的重要，可是每月间三四吊钱的学费，实在让她为难。母亲是最喜脸面的人。她迟疑不决，光阴又不等待着任何人，荒来荒去，我也许就长到 10 多岁了。一个 10 多岁的贫而不识字的孩子，很自然的去作个小买卖——弄个小筐，卖些花生、煮豌豆、或樱桃什么的。要不然就是去学徒。母亲很爱我，但是假若我能去作学徒，或提篮沿街卖樱桃而每天赚几百钱，她或者就不会坚决的反对。穷困比爱心更有力量。

有一天刘大叔偶然的来了。我说“偶然的”，因为他不常

来看我们。他是个极富的人，尽管他心中并无贫富之别，可是他的财富使他终日不得闲，几乎没有工夫来看穷朋友。一进门，他看见了我。“孩子几岁了？上学没有？”他问我的母亲。他的声音是那么洪亮，（在酒后，他常以学喊俞振庭的《金钱豹》自傲）他的衣服是那么华丽，他的眼是那么亮，他的脸和手是那么白嫩肥胖，使我感到我大概是犯了什么罪。我们的小屋，破桌凳，土炕，几乎禁不住他的声音的震动。等我母亲回答完，刘大叔马上决定：“明天早上我来，带他上学，学钱、书籍，大姐你都不必管！”我的心跳起多高，谁知道上学是怎么一回事呢！

第二天，我像一条不体面的小狗似的，随着这位阔人去入学。学校是一家改良私塾，在离我的家有半里多地的一座道士庙里。庙不甚大，而充满了各种气味：一进山门先有一股大烟味，紧跟着便是糖精味，（有一家熬制糖球糖块的作坊）再往里，是厕所味，与别的臭味。学校是在大殿里。大殿两旁的小屋住着道士，和道士的家眷。大殿里很黑、很冷。神像都用黄布挡着，供桌上摆着孔圣人的牌位。学生都面朝西坐着，一共有 30 来人。西墙上有一块黑板——这是“改良”私塾。老师姓李，一位极死板而极有爱心的中年人。刘大叔和李老师“嚷”了一顿，而后教我拜圣人及老师。老师给了我一本《地球韵言》和一本《三字经》。我于是，就变成了学生。

自从作了学生以后，我时常的到刘大叔的家中去。他的宅子有两个大院子，院中几十间房屋都是出廊的。院后，还有一座相当大的花园。宅子的左右前后全是他的房屋，若是把那些房子齐齐的排起来，可以占半条大街。此外，他还有几处铺店。每逢我去，他必招呼我吃饭，或给我一些我没有看见过的点心。他绝不以我为一个苦孩子而冷淡我，他是阔大爷，但是他不以富傲人。

在我由私塾转入公立学校去的时候，刘大叔又来帮忙。这时候，他的财产已大半出了手。他是阔大斧，他只懂得花钱，而不知道计算。人们吃他，他甘心教他们吃；人们骗他，他付之一笑。他的财产有一部分是卖掉的，也有一部分是被人骗了去的。他不管；他的笑声照旧是洪亮的。

到我在中学毕业的时候，他已一贫如洗，什么财产也没有了，只剩了那个后花园。不过，在这个时候，假若他肯用用心思，去调整他的产业，他还能有办法教自己丰衣足食，因为他的好多财产是被人家骗了去了。可是，他不肯去请律师。贫与富在他心中是完全一样的。假若在这时候，他要是不再随便花钱，他至少可以保住那座花园，和城外的地产。可是，他好善。尽管他自己的儿女受着饥寒，尽管他自己受尽折磨，他还是去办贫儿学校，粥厂，等等慈善事业。他忘了自己。就是在这个时候，我和他过往的最密。他办贫儿学校，我去作义务教师。他施舍粮米，我去帮忙调查及散放。在我的心里，我很明白：放粮放钱不过只是延长贫民的受苦难的日期，而不足以阻

拦住死亡。但是，看刘大叔那么热心，那么真诚，我就顾不得和他辩论，而只好也出点力了。即使我和他辩论，我也不会得胜，人情是往往能战胜理智的。

在我出国以前，刘大叔的儿子死了。而后，他的花园也出了手。他入庙为僧，夫人与小姐入庵为尼。由他的性格来说，他似乎势必走入避世学惮的一途。但是由他的生活习惯上来说，大家总以为他不过能念念经，布施布施僧道而已，而绝对不会受戒出家。他居然出了家。在以前，他吃的是山珍海味，穿的是绫罗绸缎。他也嫖也赌。现在，他每日一餐，入秋还穿着件夏布道袍。这样苦修，他的脸上还是红红的，笑声还是洪亮的。对佛学，他有多少深的认识，我不敢说。我却真知道他是个好和尚，他知道一点便去作一点，能作一点便作一点。他的学问也许不高，但是他所知道的都能见诸实行。

出家以后，他不久就作了一座大寺的方丈。可是没有好久就被驱除出来。他是要作真和尚，所以他不惜变卖庙产去救济苦人，庙里不要这种方丈。一般的说，方丈的责任是要扩充庙产，而不是救苦救难的。离开大寺，他到一座没有任何产业的庙里作方丈，他自己既没有钱，他还须天天为僧众们找到斋吃。同时，他还举办粥厂等等慈善事业。他穷，他忙，他每日只进一顿简单的素餐，可是他的笑声还是那么洪亮。他的庙里不应佛事，赶到有人来请，他便领着僧众给人家去唪真经，不要报酬。他整天不在庙里，但是他并没忘了修持；他持戒越来越严，对经义也深有所获。他白天在各处筹钱办事，晚间在小室里作工夫。谁见到这位破和尚也不曾想到他曾是个在金子里长起来的阔大爷。

去年，有一天他正给一位圆寂了的和尚念经，他忽然闭上了眼，就坐化了。火葬后，人们在他身上发现许多舍利。

没有他，我也许一辈子也不会入学读书。没有他，我也许永远想不起帮助别人有什么乐趣与意义。他是不是真的成了佛？我不知道。但是，我的确相信他的居心与言行是与佛相近似的。我在精神上物质上都受过他的好处，现在我的确愿意他真的成了佛，并且盼望他以佛心引领我向善，正像在35年前，他拉着我去入私塾那样！

他是宗月大师。

敬悼我们的导师

◎ 老　舍

欧阳予倩老院长病故，我们失去一位最可敬爱的导师！“我们”包括着戏剧、戏曲、舞蹈、文学创作各方面的工作者。老院长学识渊博，艺术实践经验又极丰富，的确是我们的导师！他的逝世是文艺界的重大损失！

老院长不但在学识上、经验上是我们的导师，而且在态度上又是那么循循善诱，诲人不倦，慈祥如师，温和如友。每逢遇上他老人家，我总觉得如坐春风，不但长许多知识，而且得到鼓舞。不管我的作品如何拙劣，他永不肯把话说绝。他肯批评，而又不忘鼓舞，指出缺点，同时也必说某些地方还有可取。因此，他的批评是热情的帮助。这也就看出，他老人家热爱文艺，也热爱一切文艺工作者，能帮忙必定帮忙，该鼓励就鼓励。自从我认识他，他没有一次使我觉出他老气横秋，或表示我所请教的很幼稚，值不得详尽回答。不，他是有问必答，永远温和谦蔼。他的修养越深，态度也越亲切可人。他不使人害怕，敬而远之。他的言谈、风度真像是温暖的春风，使群花欣欣向荣。

每逢我去看他，或他来看我，都叫我高兴好几天。在他老人家面前，我什么都说，不必顾虑。他老人家随时把别人的兴趣兴作自己的兴趣，不因非己之所好，便不乐意听，不高兴谈。请他看画，他就高兴地看画，而且说出他的意见，与如何欣赏的道理。请他看花，他便高兴地看花，而且过两天就送一盆花来。他的文艺修养是那么深，所以修养变成涵养，使艺术生活变为生活的艺术，喜欢一切美好的，厌恶一切丑恶的。

他老人家热爱社会主义。因此，他对我写的现代题材的作品，不管怎么不像样子，也格外鼓舞，总是笑着说：再加把力，总会写好的！我十分感激！我想，感激老院长的不止我一个人！他有多少朋友，多少学生啊！他对社会主义文艺的发展有多么大的影响啊！

安眠吧，我们最敬爱的导师！我们会努力写出更多更好的作品，演出更好的戏剧与舞蹈，有助于社会主义建设！我们忘不了、辜负不了您的教导与爱护！

章太炎

曹聚仁

钱江轮船的篷舱里，两位乘客在那里谈论章太炎。甲说："章太炎的学问真好，四书五经无所不通。我们余杭出章太炎，就好比你们金华出宋濂。"乙说："章太炎的文章才算好，唐朝韩文公，宋朝苏东坡，民国章太炎，文起八代之衰！"甲说："人家都说他和梁启超一样的好。"他们谈论得十分起劲，我在旁默默地听着想着。章先生评论古今文章，独尊魏晋，谓："魏晋之文，大体皆卑于汉，独持论仿佛晚周；气体虽异，要其守已有度，伐人有序，和理在中，孚尹旁达，可以为百世师。"于评论唐宋古文，谓："李翱韩愈局促儒言之间，未能自遂。……欧阳修曾巩好为大言，汗漫无以应敌，斯持论最短者也。若乃苏轼父子，则侒人之戋戋者。"以尊韩苏者尊太炎先生，岂不等于污辱了他？把太炎先生所最推重的魏晋，要由他所看不起的韩文公来起衰，岂不是根本否定了他的主张？清末，上海有人定近世文人笔语为50家，将章太火和谭复生，黄公度并称。章先生与邓实书云："谭黄二子志行，顾亦有可观者；然学术既疏，其文辞又少检格，仆虽朴陋，未敢与二子比肩也！近世文士王壬秋，可谓游于其藩，犹多掩袭声华，未能独往；康长素时有善言而稍谲奇自恣；仆亦不欲与二贤并列，谓宜刊削鄙文，无令猥厕！"某甲说他和梁启超一样的好，那真要把他气死了！章先生的文章，见之于《国故论衡》、《检论》者，文章宏雅，自视甚高，谓："忽略名实，则不足以说典礼。浮辞未剪，则不足以穷远致。言能经国，诎于笾豆有司之守；德音孔胶，不达形骸知虑之表，故篇章无计簿之用，文辨非穷理之器；彼二短者，仆自以为绝焉，所以块居独处，不欲奇群彦之数者也！"

民国三年，太炎先生被禁于北平龙泉寺，其5月23日家书，满纸牢愁，不堪卒读。中有句云："吾死以后，中夏文化亦亡矣！"那是多么自负的话头！《国故论衡》上卷论小学，阐发音理，以音理诠解转注假借之义；先生于音韵之学，独开蹊径，弟子中钱玄同、黄季刚皆以音韵学名家；案头上的音韵学，可说是登峰造极了！太炎先生以党案入狱，初究佛典，治因明学，以分析名相始，以排遣名相终。乃以佛理来解释《庄子》，作《齐物论释》，以佛理论性，名《辨性》上中下；独到之境，非宋明理学家所能梦见，宋濂碌碌不足道，何足以望其

项背呢！

民国十二年，太炎先生在江苏省教育会讲演《国学》，他说："凡称之为诗，都要有韵，有韵方能传达情感；现在白话诗不用韵，即使也有美感，只应归人散文，不必算诗。日本和尚娶妻吃肉，我曾说他们可称居士等等，何必称做和尚呢？"他又举史思明的《樱桃诗》为例。沈信卿裂开大嘴，哈哈大笑；那正是白话诗流行的季候，太炎先生嘲笑了白话诗。沈信卿大为得意。其实太炎先生对于诗歌见解，素来如此；他嘲笑江西诗派，也同是这个说法，沈信卿还不必那么得意的。《国故论衡·文学论略》云："文学者，以有文字著于竹帛，故谓之文，论其法式，谓之文学。凡文理，文字，文辞皆称文。……是故榷论文学，以文字为准，不以文章为准。"这广泛的文学定义，和亚诺德（Mathew Arnold）的主张，几乎完全相同，而和阮元正走了相反的路；我们可以想见骈文家和史学家之间有多么长的距离。——太炎先生的学问，有如一根大树，枝枝节节是无从了解他的；还是说他四书五经无所不通，让他莞尔微笑罢！

太炎先生有一个外号，叫做章疯子。清光绪末年，梁启超，麦孟华，奉康为教主，在上海宣传《公羊》义法，说是"不出十年，必有符命！"太炎先生嗤之以鼻，曰："康有为什么东西！配做少正卯，吕惠卿吗！狂言呓语，不过李卓吾那一类货色！"康氏徒党，恨之刺骨！两湖总督张之洞慕先生之名，由钱恂介入幕府。时梁鼎芬为西湖书院山长，一日，询章先生："听说康祖诒（有为）欲作皇帝，真的吗?"太炎先生说："我只听说他想做教主，没听说想做皇帝；其实人有帝王思想，也是常事；只是想做教主，未免想入非非!"梁鼎芬为之大骇!民国二年，袁世凯诛戮党人，絷先生于北京龙泉寺，后移扎于钱粮胡同：先生每与人书，必署"待死人章某"。

我的老师——管叶羽先生

冰 心

我这一辈子，从国内的私塾起，到国外的大学研究院，教过我的男、女、中、西教师，总有上百位！但是最使我尊敬爱戴的就是管叶羽老师。

管老师是协和女子大学理预科教数、理、化的老师，(1924 年起，他又当了我的母校贝满女子中学的第一位中国人校长，可是那时我已经升入燕京大学了。）1918 年，我从贝满女中毕业，升入协和女子大学的理预科，我的主要功课，都是管老师教的。

回顾我做学生的 28 年中，我所接触过的老师，不论是教过我或是没教过我的，若是以“全心全意为人民教育服务”以及“忠诚于教育事业”的严格标准来衡量我的老师的话，我看只有管叶羽老师是当之无愧的！

我记得我入大学预科，第一天上化学课，我们都坐定了(我总要坐在第一排)，管老师从从容容地走进课堂来，一件整洁的浅蓝布长褂，仪容是那样严肃而又慈祥，我立刻感到他既是一位严师，又像一位慈父！

在我上他的课的两年中，他的衣履一贯地是那样整洁而朴素，他的仪容是一贯地严肃而慈祥。他对学生的要求是极其严格的，对于自己的教课准备，也极其认真。因为我们一到课室，就看到今天该做的试验的材料和仪器，都早已整整齐齐地摆在试验桌上。我们有时特意在上课铃响以前，跑到教室去，就看见管老师自己在课室里忙碌着。

管老师给我们上课，永远是启发式的，他总让我们预先读遍一下一堂该学的课，每人记下自己不懂的问题来，一上课就提出大家讨论，再请老师讲解，然后再做试验。课后管老师总要我们整理好仪器，洗好试管，擦好桌椅，关好门窗，把一切弄得整整齐齐地，才离开教室。

理预科同学中从贝满女中升上来的似乎只有我一个，其他的同学都是从华北各地的教会女子中学来的，她们大概从高中毕业后都教过几年书，我在她们中间，显得特别的小（那年我还不满18岁），也似乎比她们“淘气”，但我总是用心听讲，一字不漏地写笔记，回答问题也很少差错，做试验也从不拖泥带水，管老师对我的印象似乎不错。

我记得有一次做化学试验，有一位同学不知怎么把一个当

中插着一根玻璃管的橡皮塞子，捅进了试管，捅得很深，玻璃管拔出来了，橡皮塞子却没有跟着拔出，于是大家都走过来帮着想法。有人主张用钩子去钩，但是又不能把钩子伸进这橡皮塞子的小圆孔里去。管老师也走过来看了半天……我想了一想，忽然跑了出去，从扫院子的大竹扫帚上撅了一段比试管口略短一些的竹枝，中间拴上一段麻绳，然后把竹枝和麻绳都直着穿进橡皮塞子孔里，一拉麻绳，那根竹枝自然而然地就横在皮塞子下面。我同那位同学，一个人握住试管，一个人使劲拉那根麻绳，一下子就把橡皮塞子拉出来了。我十分高兴地叫："管老师——出来了！"这时同学们都愕然地望着管老师，又瞪着我，轻轻地说："你怎么能说管老师出来了！"我才醒悟过来，不好意思地回头看着站在我身后的管老师，他老人家依然是用慈祥的目光看着我，而且满脸是笑！我的失言，并没有受到斥责！

1924年，他当了贝满女中的校长，那时，我已出国留学了。1926年，我回燕大教书，从升入燕大的贝满同学口中听到的管校长以校为家，关怀学生胜过自己的子女的嘉言懿行，真是洋洋贯耳，他是我们同学大家的榜样！

1946年，抗战胜利了，那时我想去看战后的日本，却又不想多呆。我就把儿子吴宗生（现名吴平）、大女儿吴宗远（现名吴冰、）带回北京上学，寄居在我大弟妇家里。我把宗生送进灯市口育英中学（那是我弟弟们的母校），把十一岁的大

女儿宗远送到我的母校贝满中学，当我带她去报名的时候，特别去看了管校长。他高兴得紧紧握住我的手——这是我们第一次握手！他老人家是显老了，三四十年的久别，敌后办学的辛苦和委屈，都刻画在他的面庞和双鬓上！还没容我开口，他就高兴地说："你回来了！这是你的女儿吧？她也想进贝满？"又没等我回答，他抚着宗远的肩膀说："你妈妈可是个好学生，成绩还都在图书馆里，你要认真向她学习。"哽塞在我喉头的对管老师感恩戴德的千言万语，我也忘记了到底说出了几句，至今还闪烁在我眼前的，却是我落在我女儿发上的几滴晶莹的眼泪。

1985 年 5 月 28 日清晨

我所见到的司徒乔先生

沈从文

我初次见司徒乔先生，是在半个世纪以前。记得约在1923年，我刚到北京的第二年，带着我的那份乡下人模样和一份求知的欲望，和燕京大学的一些学生开始了交往。最熟的是董景天，可说是最早欣赏我的好友之一人。常见的还有张彩真、焦菊隐、顾千里、刘潜初、韦丛芜、刘廷蔚等等。当时的燕京大学校址在盔甲厂。一次，在董景天的宿舍里我见到了司徒乔。他穿件蓝卡机布旧风衣，随随便便的，衣襟上留着些油画色彩染上的斑斑点点，样子和塞拉西皇帝有些相通处。这种素朴与当时燕京的环境可不大协调，因为洋大学生是多半穿着洋服的。若习文学，有的还经常把一只手插在大衣襟缝中作成拜伦诗人神气。还有更可笑处，就是只预备写诗，已印好了加有加款“××诗稿”信笺的这种诗人。我被邀请到他的宿舍去

看画。房中墙上，桌上，这里，那里，到处是画，是他的素描速写。我没受过西洋画训练，不敢妄加评论。静物写生，我没有兴趣，却十分注意他的人物速写。那些实实在在、平凡、普通、底层百姓的形象，与我记忆中活跃着的家乡人民有些相像又有些不同，但我感到亲切，感到特别大的兴趣，因为他“所画”的正是我“想写”的旧社会中所谓极平常的“下等人”。第一次见面，司徒乔给我的印象就极好。我喜欢他为人素朴，我还喜欢他墙上桌上的那些画。

不久，1924 年大革命爆发，燕京中熟人不少参加革命去了武汉、广州。我却仍在北京过那种不易生活的“职业作家”的生活。他们来信邀我去武汉，我当时工作刚刚打下基础，以为去上海或许更合适一些。到 1928、29 年间，因国共破裂，武汉局势动荡极大，不少熟人没有在这种白色大恐怖中牺牲的，多陆续来到上海聚合了，在重聚的人中，除董景天、张采真等，还有司徒乔。这位年青的画家，仍然是那个素朴的样子，他为我们带回了不少作品。对他的人和画，1928 年我在《司徒乔君吃的亏》一文中曾写道：

“此时的中国，各样的艺术，莫不是充满了权势，虚伪，投机取巧的种种成分，哪里容得下所谓诚实？……

在一种无望无助中，他把每一个日子都耗费到为长于应世的“高明人”所不为的实际努力下了。没有颜料则用油去剥洗锡管中剩余红绿，没有画布则想法子用所有可当的衣物去换取，仍然作成了许多很好的作品，这傻处是我想介绍给大家知道的。我们若相信一个好的时代会快来，要这时代迈开脚步走近我们，在艺术上就似乎还需要许多这样傻子，才配合得上时代需要。

一种了解，一种认识，从了解与认识中产生出一点儿真实同情，从了解与认识中得到一点儿愉快，这在他，是已算很满意了！”

因为那时的上海“艺术家”，多流行长头发、黑西服、大红领结，以效仿法国派头为时髦乐事。艺术家还必须得善交际，会活动，才吃得开。司徒乔的素朴与这种流行风尚不免格格不入。我却推崇他的实践态度，以为难得可贵。在我看来，文学与绘画是同样需要这种素朴诚实，不装模作样，不自外于普通人的生活，才能取得应有进展的。我对司徒乔已不仅是喜欢，而是十分钦佩了。

1933 年我从青岛大学到北京工作，又有机会见到了司徒乔先生。当时他住在什刹海冰窖胡同，已经结婚。经过社会的大动荡，重又相见，彼此感觉格外亲热。谈话间自然要欣赏他的新作。生活虽从无安定，他的画却已愈见成熟。不久他就主动提出要为我画张像，留个纪念，约好在北海“仿膳”一个角落作画。到时他果然带了画具赴约，一连三个半天，他极认真地为我画了张二尺来高半身肖像。是粉彩画。朋友们都说画得好，不仅画得极像，且十分传神。他自己也相当满意，且说，

此生为泰戈尔画过像，为周氏兄弟画过像，都感到满意，此像为第四回满意之作。他的热情令我感动，这幅肖像成为一件纪念品，好好保存在我的身边。

芦沟桥事变后，清华、北大、南开组成西南联大，在昆明集中。司徒乔先生为我画的肖像随同我到了昆明，整整八年，抗战胜利后，我随北大迁回北京，仍旧带着这幅十分珍贵的画像。听说司徒乔先生也回到了北京，在西郊卧佛寺附近买了所小小的画室。我和家中人去拜访他，见到了相隔十多年的老友和他这段时期的许多作品。给我印象最深处，是他还始终保持着原来的素朴、勤恳的工作态度。他不声不响的，十分严肃的把自己当成人民中的一员去接近群众，去描绘现实生活中被压迫的底层人物，代他们向那个旧社会提出无言的控诉。他依旧保留着他的诚实和素朴。这诚实，这素朴，却是多年来一直为我所钦佩和赞赏的。而在同时“艺术家”中，却近于希有少见的品质。

司徒乔先生经历了无数挫折，到了可以好好为他热爱的祖国人民作画的新社会，却过早地被病魔夺去了生命。他为我画的肖像，在文化大革命中也失去了！永远不会失去的，将是许多崇敬喜爱他的人对他的记忆！他的工作态度既曾经影响到我的工作，也还必将为更多的人所学习。他在世时从没有过什么得意处，也没有赫赫显要的名声，但他虽死犹生。他给我的最初印象至今还不曾淡漠，永远不会淡漠的！

1980年

我的一位国文老师

梁实秋

我在十八九岁的时候，遇见一位国文先生，他给我的印象最深，使我受益也最多，我至今不能忘记他。

先生姓徐，名锦澄，我们给他上的绰号是“徐老虎”，因为他凶。他的像貌很古怪，他的脑袋的轮廓是有棱有角的，很容易成为漫画的对象。头很尖，秃秃的，亮亮的，脸形却是方方的，扁扁的，有些像《聊斋志异》绘图中的夜叉的模样。他的鼻子眼睛嘴好像是过分的集中在脸上很小的一块区域里。他戴一副墨晶眼镜，银丝小镜框，这两块黑色便成了他脸上最显著的特征。我常给他漫画，勾一个轮廓，中间点上两块椭圆形的黑块，便维妙维肖。他的身材高大，但是两肩总是耸得高高，鼻尖有一些红，像酒糟的，鼻孔里常常的藏着两桶清水鼻涕，不时的吸溜着，说一两句话就要用力的吸溜一声，有板有

眼有节奏，也有时忘了吸溜，走了板眼，上唇上便亮晶晶的吊出两根玉箸，他用手背一抹。他常穿的是一件灰布长袍，好像是在给谁穿孝，袍子在整洁的阶段时我没有赶得上看见，余生也晚，我看见那袍子的时候即已油渍斑烂。他经常是仰着头，迈着八字步，两眼望青天，嘴撇得瓢儿似的。我很难得看见他笑，如果笑起来，是狞笑，样子更凶。

我的学校是很特殊的。上午的课全是用英语讲授，下午的课，全是国语讲授。上午的课很严，三日一问，五日一考，不用功便被淘汰，下午的课稀松，成绩与毕业无关。所以每到下午上国文之类的课程，学生们便不涌跃、课堂上常是稀稀拉拉的不大上座，但教员用拿毛笔的姿势举着铅笔点名的时候，学生却个个都到了，因为一个学生不只答一声到。真到了的学生，一部分是从事午睡，微发鼾声，一部分看小说如《官场现形记》《玉梨魂》之类，一部分写“父母亲大人膝下”式的家书，一部分干脆瞪着大眼发呆，神游八表，有时候逗先生开顽笑。国文先生呢，大部分都是年高有德的，不是榜眼、就是探花，再不就是举人。他们授课不过是奉行故事，乐得敷敷衍衍。在这种糟糕的情形之下，徐老先生之所以凶，老是绷着脸，老是开口就骂人，我想大概是由于正当防卫吧。

有一天，先生大概是多喝了两盅，摇摇摆摆的进了课堂。这一堂是作文，他老先生拿起粉笔在黑板上写了两个字，题目尚未写完，当然照例要吸溜一下鼻涕，就在这吸溜之际，一位

性急的同学发问了："这题目怎样讲呀？"老先生转过身来，冷笑两声，勃然大怒："题目还没有写完，写完了当然还要讲，没写完你为什么就要问？……"滔滔不绝的吼叫起来，大家都为之愕然。这时候我可按捺不住了。我一向是个上午捣乱下午安分的学生，我觉得现在受了无理的侮辱，我便挺身分辩了几句。这一下我可惹了祸，老先生把他的怒火都泼在我的头上了。他在讲台上来回的踱着，吸溜一下鼻涕，骂我一句，足足骂了我一个钟头，其中警句甚多，我至今还记得这样的一句：

×××！你是什么东西？我一眼把你望到底！

这一句颇为同学们所传诵。谁和我有点争论遇到纠缠不清的时候，都会引用这一句"你是什么东西？我把你一眼望到底！"当时我看形势不妙，也就没有再多说，让下课铃结束了先生的怒骂。

但是从这一次起，徐先生算是认识我了。酒醒之后，他给我批改作文特别详尽。批改之不足，还特别的当面加以解释，我这一个"一眼望到底"的学生，居然成为一个受益最多的学生了。

徐先生自己选辑教材，有古文，有白话，油印分发给大家。《林琴南致蔡孑民书》是他讲得最为眉飞色舞的一篇。此

外如吴敬恒的《上下古今谈》，梁启超的《欧游心影录》，以及张东荪的时事新报社论，他也选了不少。这样新旧兼收的教材，在当时还是很难得的开通的榜样。我对于国文的兴趣因此而提高了不少。徐先生讲国文之前，先要介绍作者，而且介绍得很亲切，例如他讲张东荪的文字时，便说："张东荪这个人，我倒和他一桌上吃过饭。……"这样的话是相当的可以使学生们吃惊的，吃惊的是，我们的国文先生也许不是一个平凡的人吧，否则怎样会能够和张东荪一桌上吃过饭！

徐先生于介绍作者之后，朗诵全文一遍。这一篇朗诵可很有意思。他打着江北的官腔，咬牙切齿的大声读一遍，不论是古文或白话，一字不苟的吟咏一番，好像是演员在背台词，他把文字里的蕴藏着的意义好像都给宣泄出来了。他念得有腔有调，有板有眼，有情感，有气势，有抑扬顿挫，我们听了之后，好像是已经理会到原文的意义的一半了。好文章掷地作金石声，那也许是过分夸张，但必须可以琅琅上口，那却是真的。

徐先生之最独到的地方是改作文。普通的批语"清通""尚呵""气盛言宜"，他是不用的。他最擅长的是用大墨杠子勾大抹，一行一行的抹，整页整页的勾；洋洋千余言的文章，经他勾抹之后，所余无几了。我初次经此打击，很灰心，很觉得气短，我掏心挖肝的好容易诌出来的句子，轻轻的被他几杠子就给抹了。但是他郑重的给我解释一会，他说："你拿了去细细的体味，你的原文是软爬爬的，冗长，懈啦光唧的，我给你勾掉了一大半，你再渎读看，原来的意思并没有失，但是笔笔都立起来了，虎虎有生气了。”我仔细一揣摩，果然。他的大墨杠子打得是地方，把虚泡囊肿的地方全削去了，剩下的全是筋骨。在这删削之间见出他的夫夫。如果我以后写文章还能不多说废话，还能有一点点硬朗挺拔之气，还知道一点“割爱”的道理，就不能不归功于我这位老师的教诲。

徐先生教我许多作文的技巧。他告诉我；“作文忌用过多的虚字。”该转的地方，硬转；该接的地方，硬接。文章便显着扑拙而有力。他告诉我，文章的起笔最难，要突兀矫健，要开门见山，要一针见血，才能引人入胜，不必兜圈子，不必说套语。他又告诉我，说理说至难解难分处，来一个譬喻，则一切纠缠不清的论难都迎刃而解了，何等经济，何等手腕！诸如此类的心得，他传授我不少，我至今受用。

我离开先生已将近五十年了，未曾与先生一通音讯，不知他云游何处，听说他已早归道山了。同学们偶尔还谈起“徐老虎”，我于回忆他的音容之馀，不禁的还怀着怅惘敬慕之意。

鲁迅先生的逝世

冯雪峰

鲁迅先生就是在他死的头一天，也还是不相信他自己会很快就死的。病的沉重对他的威胁虽然很大，但他的精神并没有被病所征服；他总在计划着工作和战斗，而且只要能起床就工作；乐观的情绪和劳动的热情，是压倒了病给他的忧郁的。

在5月和6月间病得最严重的时候，像他自己后来在散文《死》中所说，他大概确实曾经预感到过死的。但他到7月初就有了转机；在健康也逐渐恢复到能够做一些工作的时候，就又觉得他离开死还是相当的远。我记得在7~8月间，关于死和他病在床上时的某些感想，还常常成为他谈话的资料，而且总以愉快的心情谈到的。在7月间的一个晚上，他又曾经感到胜利地、同时自嘲地说过这样的话："总不至于即刻'翘辫子'了。……我在1927年住在景云里的时候，也生过一回像这回

一样的大病，真的昏迷，几乎‘翘辫子’了，但一愈就是十年。……那么，总还有十年罢。”（“翘辫子”是上海话，死的意思。）说了以后，还大笑起来。

《死》的那篇散文中附有七条类似遗嘱的东西，现在是被大家看做真的遗嘱了，我也以为可以看做真的遗嘱。但实际上，谁都了解，鲁迅先生显然不是作为遗嘱来公布的，他只是写他的文章。我现在回想起他写好这篇文章，把原稿给我看，并因了我的意见而改动了两个地方的当时的他的神情来，就觉得他并不是当作遗嘱来公布的，虽然这也就是他的真实的态度，总之，他写的是已经过去了的病中的感想，而不是给将来准备的。

他在原稿上改动的两个地方，就是那当作遗嘱的七条中的第一条和第五条上面：第一条，现在我们读到的是：“不得因为丧事，收受任何人的一文钱。——但老朋友的，不在此例。”这后面的“但老朋友的，不在此例”一句，原来是没有的。第五条；“孩子长大，倘无才能，可寻点小事情过活，万不可去做空头文学家或美术家。”——这里面的“空头”两字原来也是没有的。当时他等我渎完了全篇原稿以后，就谈到这七条，精神很好地微笑着说：“我倘要真写遗嘱，也就都在这里了。这些倒也都是真话，……说牙眼勿报的人，是不可相信的。”这谈到的是第七条，原文是：“损着别人的牙眼，却反对报复，主张宽容的人，万勿和他接近。”他也谈到了第六条，原文是："别人应许你的事物，不可当真。"我当然也不会把他的文章当做真的遗嘱来看，但关于第一条，因为他平日谈到过别人的事情，知道这里还有他对于国民党反动政府的防御的意思，就觉得很有趣地笑着说："如果当做真的遗嘱，这第一条很要紧，国民党有所企图的话，许先生也容易对付了，说是根据遗嘱就是。但是，这只是一面；假如革命的政权来办理丧事呢？那就不能根据遗嘱了。我看，这作为文章发表，是否可把其中'任何人'三个字怎么改动一下，使它更能够表示你的明确的态度。"他笑着说："那是说，也可以破例了，……看怎么改。"沉吟了一下，就从藤躺椅上站起来，一面说，"加一句老朋友可例外罢"，一面拿笔在原稿上加了上面所说的一句。接着，关于第五条，我也说出了我的感觉，认为容易给人误会，好像一切文学家和美术家，他都看不起似的。他也同意改一下，还和我商量如何改，不一会儿就由他自己想出"空头"两个字来了。这"空头"两个字，他觉得很满意，在原稿上添上了，躺回藤躺椅上去以后，还笑着说："这添得好。只两个字，就将这些人刻画得活灵活现了。这就是住在上海的好处，看多了这类空头人物，才能想到这两个字。"

总之，从当时他的这心情看起来，他显然相信离开死是还有相当远的时间的。

他的这种精神，也影响他的亲属和朋友；大家虽然都担心他的病，但可以说，没有一个人曾经想到过他会很快就死的。

大家只希望他去疗养，觉得他不疗养，那是危险的，但可以说，都没有把危险和死连接起来想过。也许是这样想过的，但我们的感情无形地在阻止我们去明白地严重地这样想。由于他自己坚信不会很快死，也由于我们受了他这种精神的影响，还有当时环境所造成的种种原因，对于他的病的严重性，我们是非常地估计不足的，可以说我们都是很有些麻痹的。如何抢救这个伟大的生命，当时我们都不曾非常积极地想过办法；条件的困难自然是主要的原因，但在他的周围的人，我也自然在内，都多少有以上所说的麻痹，也是原因之一，现在想起来都是应该自责的。

因此，他的逝世，大家都觉得非常意外的。以我自己来说，在他死后几天，我都觉得他并没有死，一直到他出殡后，才在感觉上觉得他是真的死了。

10月17日下午，他曾出外看朋友，途中受了风；但晚上他还写《因太炎先生而想起的二三事》，到深夜热度又高起来，疲劳到不能支持，这篇文章也就没有写完。到18日早晨4点钟前后就开始不停止的气喘，病即刻转为剧烈了。

18日下午，我去看他时才知道他的病已转为剧烈；我上楼去，他直坐在藤躺椅上，只是气喘；见我去，曾想向我说话，我连忙摇手，因为他那时说话是十分困难的。我看他自己也很焦急。我在那里坐了有二十多分钟，见他只是气喘；偶尔看我一下，他那表现出肉体的疲乏和痛苦的眼睛，好像是说：

“想不到，突然就这样严重了。”这时候，许广平先生和别的人，都只能依照鲁迅先生自己的意思，依赖一个长期给他看病的日本医生的诊治；只希望先把气喘止住，然后再想其他的办法。

到晚上八九点钟，我再去时，他已经静卧在床上；气喘已因为打了强心针和室内装了氧气机而减低了。日本医生在那里，没有离开；我请人转问医生，究竟怎样，他回答说，只要能够过得了这个晚上，就可以有转机。那天晚上，我也曾经和别的同志研究过，想请宋庆龄先生聘请更好的医生来诊治；但我们又都相信这个晚上是能够过得了的，到第二天再去和宋先生商量。当晚11点前我再去，请许广平先生再问医生，回答是同样，要看今天晚上。在12点前我离开时，许广平先生送我到楼下，暗暗地流着眼泪对我轻声说：“我很怕……”我仍以坚信的态度对许广平先生说：“度过这个晚上，明天再请别的医生试试看。”但许广平先生后来告诉我，当晚十一二点时鲁迅先生的两脚温度已经很低了，所以她当时有可怕的预感。我当时看见她忧愁很深，还对她说过这样的话：“你在周先生面前要竭力表现得坚强；你是知道他的性情的，即使万一……他看见你坚强，也就安心一些了。”后来许广平先生告诉我，她是竭力做到表示坚强这一点的；她不曾在他面前流过一滴眼泪。

19日早晨5点多时，我接到了周建人先生的电话，说情

况很坏了。我知道，如果不是太严重，周建人先生是不会打电话给我的；因此，我也立刻打了一个电话，告诉了宋庆龄先生。等我到鲁迅先生家里时，他已经断气三十多分钟了。

不久宋先生也就到了，当即商量成立了治丧委员会，由治丧委员会发出了讣文给各报记者。毛泽东同志的名字也是列在治丧委员会里面的，此外是宋庆龄、蔡元培、沈钧儒、茅盾等先生，还有其他几个人；但毛泽东同志的名字，当时除了一个报纸曾经披露过一次以外，其他报纸都不敢披露；后来，我看见别人记录鲁迅先生丧事的文章，也没有把毛泽东同志的名字列入，这是因为当时上海是在反动国民党政权统治之下的缘故。第二天，我党中央的吊唁的电报就到上海了；同时，我党中央曾经代表人民向南京国民党政府发去一个电报，要求国葬鲁迅先生，并要求明令撤销对于他的著作的禁令，这个电报也有一个副本发到上海来，但这两个电报当时也都不可能公开发表。国民党政府不但不曾照我党中央所主张的做，并且还派了特务分子监视鲁迅先生的丧事。对于鲁迅著作的禁令也始终未曾撤销过。我是遵奉我党的指派去参与丧事的处理的，但我只能藏在周建人先生的家里同沈钧儒先生以及许广平先生、周建人先生等商量问题，连出殡我都不可能参加。

但丧事进行还算是胜利的，因为鲁迅先生自己的世界性的地位与声誉，到底使国民党反动派不敢乱来；而公开出面主持的是宋庆龄先生、蔡元培先生（他们两人是中国民权保障同盟的领袖，鲁迅先生的战友)、沈钧儒先生（他是当时上海各界人民救国会的领袖）等，同时上海的进步人民的力量也究竟还是不小的。当时上海，国民党反动派和帝国主义的压迫是那么严重，特务分子到处散布着，而到万国殡仪馆去瞻仰遗容和出殡送到墓地的群众是那样的多，就是一个明证。

是的，当时我们一方面非常担心反动派和帝国主义来捣乱，所以并没有怎样号召广大群众来瞻仰遗容与参加送殡，以免反动派和帝国主义有所借口来进行破坏；但一方面却看见群众自动来瞻仰遗容和送殡的是如此的多，觉得这也正是爱国群众力量的一次检阅，因此那几天我们参加治丧工作的人都觉得自己是在进行一次斗争。——大概就是这种胜利的心情支配了我们，我觉得在那几天中不但我忘记了悲哀，连许广平先生和周建人先生等也似乎忘记了悲哀。

就是由于这种心情，以及我在 18 日的晚上都还相信他不会很快就死的那种心理，我在感觉和感情上就总觉得他并没有死。几天中我参与着治丧的事情，也仿佛只是在进行一件和鲁迅先生有关的、我很愿意做的工作一样。可是，当出殡以后，许广平先生等回来，告诉了我墓前大会胜利地开成了的事情以后，我觉得丧事是完全结束了，这时我就开始感觉着真的悲哀了。

当晚我睡在床上，脑子里动不动就浮上他平日谈话时的那种笑容与笑声来；而这样地回忆了几次以后，又想起他的逝世的消息震动了全国的进步青年和人民的事情来，也想起在上海瞻仰遗容与送殡的群众是这样多的事情来，觉得这总是实实在在的、不能不相信的事情，那么，他的死也是实实在在的，不能不相信的了；我对我自己说："他将永远活在人民的心里，这是已经证明了的事情，这也就是我所能了解的他的死。"

第二天我一个人去看了他的坟墓。第三天，我就因事被派到扬子江上游的某地去；当大约过了十天我事情完了回上海的时候，我是坐的民生公司轮船的所谓大菜间的舱位，在那喝茶和用餐的大菜间，桌子上有和报纸等放在一起的一本新出的画报，里面登有鲁迅先生的遗容和出殡时盛况的照片，一个国民党军官在看着。他突然抬起头来对着我——我正坐在他对面喝茶——好像非要我相信不可似的说："鲁迅是一个危险分子。他不是共产党，你枪毙我！"然后把那画报推向我这一面来让我看。听他的口音，这一个生了气的军官好像是湖北人。我没有怎样去理他，他也并没有一定要人回答的意思；但我禁不住微笑起来了。当然，眼前这个渺小的反动军官，是不足道的。不过，这时候，我自然就会想得远一些，觉得鲁迅先生不仅生前使敌人害怕，就是死后也还使敌人害怕的，所以我微笑了。

从他死后，一直到现在，动不动就浮上我的脑子来的，除出他平日谈话时的笑容与笑声外，还有他走路时的姿势和背影。在我认识他的这近十年间，我只知道他穿的是橡皮胶底的黑帆布鞋，不管热天寒天；他走路略带八字步，可是一步一步非常稳固，好像每一步都先做稳了中国拳术上所说的马步那样；同时他是目不旁视的，更是从不回头顾盼。的确，他走路的这种坚实的姿势，也是非常性格化的；在他生前，我不很注意，在他死后，譬如他下葬的第二天我去看了他的坟墓回来的路上，我就清楚地看见这个身材不高大的人在前面这样在走着；那天坐在轮船上也这么看见；从此，我只要想到他，就总看见在我前面有这么一个背影。这是，我相信，谁都会看见的，因为这个人总是在我们前面在走着，从封建社会的“叛臣逆子”到无产阶级的坚决战士，从不回头，而每一步又都好像先做稳了马步，准备随时和人殴斗似的在走着。

是的，凡是死后而仍活在人民心上的人，都是人民在前进的道路上抬头就能看见他的背影的人。

1952年五一劳动节夜写毕于北京

忆鲁迅先生

巴 金

从北京图书馆出来，我迎着风走一段路。风卷起尘土打在我的脸上，我几乎睁不开眼睛。我站在一棵树下避风。我取下眼镜来，用手绢擦掉镜片上的尘垢。我又戴上眼镜，我觉得眼前突然明亮了。我在这树下站了好一会，听着风声，望着匆忙走过的行人。我的思想却回到了我刚才离开的地方：图书馆里一间小小的展览室。那地方吸引了我整个的心。我有点奇怪：那个小小的房间怎么能够容纳下一个巨人的多么光辉的一生和多么伟大的心灵？

我说的是鲁迅先生，我想的是鲁迅先生。我刚才还看到他的手稿、他的信札和他的遗照。这些对我也是很熟悉的了。这些年来我就没有忘记过他。这些年来在我困苦的时候，在我绝望的时候，在我感到疲乏的时候，我常常想到这个瘦小的老

人，我常常记起他那些含着强烈的爱憎的文章，我特别记得：十三年前的两个夜里我在殡仪馆中他灵前的情景。半截玻璃的棺盖没有掩住他那沉睡似的面颜，他四周都是芬芳的鲜花，夜很静，四五个朋友在外面工作，除了轻微的谈话声外，再也听不见什么。我站在灵前，望着他那慈祥的脸，我想着我个人从他那里得过的帮助和鼓励，我想着他那充满困苦和斗争的一生，我想着他对青年的热爱，我想着他对中国人民的关切和对未来中国的期望，我想着他在日本帝国主义的铁蹄踏遍华北、阴云在中国天空扩大的时候离开我们，我不能够相信在我眼前的就是死。我暗暗地说：他睡着了，他会活起来的。我曾经这样地安慰过自己。他要是能够推开棺盖坐起来，那是多么好啊。然而我望着望着，我走开，又走回来，我仍然望着，他始终不曾动过。我知道他不会活起来了。我控制不住自己的眼泪，我像立誓愿似地对着那慈祥的面颜说："你像一个普照一切的太阳，连我这渺小的青年也受到你的光辉，你像一颗永不殒落的巨星，在暗夜里我也见到你的光芒。中国青年不会辜负你的爱和你的期望，我也不应当辜负你。你会活下去，活在我们的心里，活在中国青年的心里，活在全中国人的心里。"的确，这些年来他的慈祥的笑脸，和他在棺盖下沉睡似的面颜就始终没有离开我的记忆。在困苦中，在绝望中，我每一想到那灵前的情景，我又找到了新的力量和勇气。对我来说，他的一生便是一个鼓舞的泉源，犹如他的书是我的一个指路者一样。

没有他的《呐喊》和《彷徨》，我也许不会写出小说。

又是过去的事了，那是更早的事。一九二六年八月我第一次来北京考大学，住在北河沿一家同兴公寓。我在北京患病，没有进考场，在公寓里住了半个月就走了。那时北海公园还没有开放，我也没有去过别的地方。在北京我只有两三个偶尔来闲谈的朋友，半个月中间始终陪伴我的就是一本《呐喊》。我早就读过了它，我在成都就读过在《新青年》杂志上发表的《狂人日记》和别的几篇小说。我并不是一次就读懂了它们。我是慢慢地学会了爱好它们的。这一次我更有机会熟读它们。在这苦闷寂寞的公寓生活中，正是他的小说安慰了我这个失望的孩子的心。我第一次感到了、相信了艺术的力量。以后的几年中间，我一直没有离开过《呐喊》，我带着它走过好些地方，后来我又得到了《彷徨》和散文诗集《野草》，更热爱地读熟了它们。我至今还能够背出《伤逝》中的几段文字。我有意识和无意识地学到了一点驾驭文字的方法。现在想到我曾经写过好几本小说的事，我就不得不感激这第一个使我明白应该怎样驾驭文字的人。拿我这点微小不足道的成绩来说，我实在不能称为他的学生。但是墙边一棵小草的生长，也靠着太阳的恩泽。鲁迅先生原是一个普照一切的太阳。

不，他不止是一个太阳，有时他还是一棵大树，就像眼前的树木一样，这树木给我挡住了风沙，他也曾给无数的年青人挡住了风沙。

他，我们大家敬爱的鲁迅先生，已经去世十三年了。每个人想起他，都会立刻想到他的道德和他的文章。这是他的每个读者、每个研究者永远记住，永远敬爱的。他的作品已经成了中国人民的宝物。这些用不着我来提说了。今天看完了关于他的生平和著作的展览会出来，站在树下避风沙的时候，我想起来：

这个巨人，这个有着伟大心灵的瘦小的老人，他一生教导同胞反抗黑暗势力，追求光明，他预言着一个自由、独立的新中国的到来，他为着这个前途花尽了他的心血，他忘了自己地为着这个前途铺路。他并没有骗我们，今天他所预言的新中国果然实现了。可是在大家、在全国人民欢欣鼓舞的时候，他却不在我们中间露一下笑脸。他一生诅咒中国的暗夜，歌颂中国的光明。而他却偏偏呕尽心血，死在黑暗正浓的时候。今天光明的新中国已经到来，他这个最有资格看见它的人却永远闭上了眼睛。这的确是一件叫人痛心的事。为了这个，我们只有更加感激他。

风一直不停，阳光却更灿烂地照在街上，我已经歇了一会儿，我得往前走了。

新潮澎湃正青年（节录）

臧克家

流亡在东北数月，受尽了痛苦磨难。好不容易得以回家，却又病魔缠身，辗转榻上，一躺就是半年。直至1930年暑期，我借用别人的文凭考入了国立青岛大学（后改名为山东大学），生活才相对安定了下来。

在青岛大学入学考试中，国文出了两个题目，一为《你为什么投考青岛大学?》，一为《杂感》，任选一题，我两题都作了。当我入学报到时，听说闻一多先生给我的《杂感》判了98分，而闻先生看卷子极严格，一般只给六七十分。这样，我解开了数学吃了“鸭蛋”还被录取的疑团。

“人生永远追逐着幻光，但谁把幻光看作幻光，谁便沉入了无底的苦海！”

这三句杂感，虽然短小而内容却不简单。它是我尝尽了人

生的苦味，从中溶炼出来的哲理，也是我在政治大革命失败之后，极端苦痛而又不甘心落寞的一种无可奈何的悲痛消沉心情的结晶。

闻先生欣赏这三句杂感，看透了我的心，从这面镜子中，也反映当时他的人生观和思想概况。

我原来进的是梁实秋先生作系主任的英语系，因为记忆力差，吃不消，想转中文系。我走进了闻一多先生的办公室，看到不少和我抱同样目的前去的同学，全被拒绝了，心中有点胆怯。不想闻先生听到我自报姓名时，却高兴地对我说：“你来吧。”从此，我成为闻先生手下的一名中文系的弟子。从此，我成为闻先生门下的一名诗的学徒。

在第一师范读书的时候，我读了许多新诗人的诗集，但并没有接触到闻先生的诗，只知道他的名字。现在受业于他，识其人，渴想读其诗了。我向他借来了《死水》，一读就入了迷，佩服得五体投地，就像对于一位令我心折的人物，相见恨晚的心情。读《死水》，一遍又一遍。有些诗，不是一下子就懂透了的，这需要咀嚼、琢磨、品味，一经完全懂了，好似看名山的奇峰，云雾消尽，它的悦目赏心的容颜便显现在眼前，而且越看越美，永远永远在心中保持它动人的青颜了。

读了《死水》，我烧掉一本子我过去的习作。

读了《死水》，我又向闻先生借他的《红烛》，一种特殊的神色在他瘦削的面庞上一闪，然后意味深入地说：“别提它

了，它是我已经过继出去的一个儿子。”

我向闻先生和他的诗学习，学习着怎样想像，怎样造句，怎样去安放一个字！在以前，我不知道什么叫想像；知道了，也不会用它，抓住第一个跑到我心上的它的浮影，便宝贝似地不放松，把它用到自己的比喻、隐喻、形像上去了。不知道打开心门，让千千万万个想像飞进来，然后，苦心地，比较着好坏，像一个吝啬的穷女人和一个小气的小贩子把一个铜钱作为这场买卖成败的关键那样认真地争较着，然后，用无情的手把所有的想像赶出去，只留下最后的一个。因为，形容一个东西，只有一个想像最美。没有扎着翅膀的想像，永远把你的诗拖累在平庸的地上，而诗，却和文一样，最忌讳“平”的。

下字也难，下一个字像下一个棋子一样，一个字有一个字的用处，决不能粗心地闭着眼睛随便安置。敲好了它的声音，配好了它的颜色，审好了它的意义，给它找一个只有它才适宜的位置把它安放下，安放好，安放牢，任谁看了只能赞叹却不能给它调换。能够达到这样的境界，是多么的不容易呵。

这时候我创作的兴致很高，用心也很苦。每有自己认为值得一看的诗便跑到闻先生家中的书斋去找他，吸着纸烟，喝着茶，浓郁的诗的气氛充满了斗室。我们像朋友般地谈着，他指点着我这篇诗的好处，缺点，哪个想像很聪明，哪个字下得太嫩。同时，他又立即到书架子上去（书架子做了他的四壁）抓过来一本西洋诗，打开，找出同我的想像字句差不多的字句

来，比较着看，有时，一个句子，一篇诗，得到了他的心，他古井似的心上（他久已把诗心交给一堆故纸了）立刻泛起澎湃的热流，眉飞色舞地读着它，同时，把一个几乎是过分的夸奖给了我。他，时常在他喜欢的句子上划个红圈，而那句子恰好是我最得意的，于是，我们的心和眼睛全叫诗连在一起了，而闻先生也顿然从一位严肃的学者回到了热情诗人的境界。

记得有一个暑假，我把《神女》这篇诗的底稿给他看，其实是在做一次试验，其中有一个句子我最喜欢。复信回来了，我心上的那个句子："记忆从头一起亮起"，果然得了红圈。我高兴得狂跳起来。

除了向闻先生学诗，我还把其他一些诗人的诗读了不少。徐志摩先生的诗写得精彩，才气超脱，我喜欢他的潇洒，像一位象牙之塔里的诗仙，穿一件纺绸长衫，在海滨夏日的阴凉下，天风吹绸衫和人一起飘飘然欲凌空飞去。但他眼里的宇宙和人生与我距离得太远，他"云游"在天上，而我生命的根却扎在泥土里。

陈梦家追随闻先生，从武汉大学到了我们学校做助教。他年轻，才高，信仰宗教，但缺乏人生艰苦的磨练。虽然我和他对人生的看法恰恰相反，但他耀眼的才华，美丽的诗句，也着实打动过我的心。当时社会上传说我和梦家是闻一多先生门下的"二家"，这话倒也事出有因。我曾问过闻先生："您应该写诗呵，为什么不写了？闻先生带点感慨地回答："有你和梦家在写，我就很高兴了。”

王统照先生是我的同乡，也是我十分尊敬的前辈和老师，他给了我很大的鼓励和帮助。他的住处——观海二路49号，是我和吴伯箫同志常去的地方。对于我的新诗创作，他给了我许多有益的意见。他为人诚朴、平易、言行谨慎，但诗人气质浓厚，诗兴一来，妙语如流，眉飞色舞。他学识渊博，爱好美学，曾自费游历欧洲数国，带回许多佳作。他奖掖后进，不遗余力，发现一个新作家，以为至乐。吴伯箫、端木蕻良和我等一些青年作家，都是在他及其他几位前辈作家的帮助扶持下登上文坛的。

我认识的亚子先生

◘ 谢冰莹

今年夏天，是我国文化界两位泰斗蔡孑民先生和柳亚子先生的寿期，沪上文化界为两位先生出纪念特刊，这是很有意义的事。孑民先生，我因为没有见过他老的面，所以不想做一个通套的恭维；亚子先生，我认识了他老人就已有六年之久，信仰也特别深刻，因此借着这个机会写出一点脑海中对他的印象，以示景仰！

我和亚子先生第一次会面，是在 1930 年的秋天，当高尔柏先生带我走进他的住所时，我竟有点像乡下姑娘初次进城似的感到忸怩不安。这并不是我胆小，而是我从来没有过这样规规矩矩地去拜访一个名人的原故。

亚子先生是这样地和蔼，诚恳，见到了他，真像一个孩子见到了他久别的母亲那么高兴！他有口吃的毛病，说起话来，有时要很久才能继续下去，我小的时候很喜欢学口吃的人说话，以至自己也在不知不觉间染上了那种毛病；长大后，虽然好了，可是一见口吃的人说话，我就要发笑的，而且笑得那么傻，有时个把钟头还不能停止。但对于亚子先生却是例外，不但从来没有过笑的念头，而且格外增加了对他的景仰和尊敬的情绪。我知道他想要说的是什么话，有时他只提一个字，我就替他说出下面的句子来。

凡是读过亚子先生诗文的人，谁都知道他是一个热情的革命文学家，虽然他今年是五十岁了，但他的思想还像创办南社时代一般前进。上面已经说过，他是一个不善于说话的人，但他的文章却特别写得短小精悍而有力，自然，有时他也写洋洋大篇，一泻千里的文章，然而究竟没有短的写得多而精彩。比方在第二十四卷第五号《教育杂志》的“读经问题”专号上，他说：“时代已是1935年，而中国人还在提倡读经，是不是神经病，我也不用多讲了！”又说：“主张读经的人，最好请他多读一点历史，诵《孝经》以退黄巾，结果只有作黄巾的刀下鬼罢了！”这里只是寥寥几十个字，已把那些提倡复古的道学先生，骂得痛快淋漓了！

诚然，如一般人所恭维的亚子先生，他不但是个聪敏博学的“才子”，而且是个多愁善感，充满了热情的诗人，但他绝不是愁自身的什么问题，发些无谓的牢骚，他是忧时忧世，挂念一些为生活，为工作而感受压迫的朋友，以及那些在苦斗中受难的青年。这许多年来，虽然他没有发表过多少喊革命口号的文字，然而他在直接间接地做了不少有益于新文化，有益于被压迫的中华民族解放的工作；他帮助过多少处境困难的青年，援救过多少关在囹圄中的战士。有一次他说了一句最使我感动，而永远不能忘记的话：

“我虽然老了，不能直接去参加新社会的建设运动，然而无论如何，我是要尽量帮助大家的……”他说这话时的态度十分严肃，而语气又是这样地诚恳，坚决，使听者感到无限的兴奋。是的，亚子先生就是这样的一位有新思想，有前进精神而且意志坚强的“老”少年，“老”革命文学家！

在这里，我要来一个小小的声明，亚子先生是不高兴“老”的，虽然有时和我们说笑话，偶尔也会说出“我老了”的句子来，但他的精神和思想，永远是年青的。记得我们初次通信，我总是称呼他“长者”，他不但对这两个字不高兴接受，而且连“先生”两个字都不准用，要直呼他的名字，他才高兴。由此也可以看出他是如何地谦虚，如何地喜欢年青！

他是这样地伟大，无论什么不认识他的人写信给他，从没有置之不理的。他不喜欢人家恭维他的文章或诗如何如何地好，也从不和人家有什么笔墨官司的来往。他不愿有求于别人，然而如果遇着人请他写什么介绍信时，他也并不拒绝，但他在信写好后，一定很坦白地告诉那位托他介绍的人：“信是写了，你拿去看看，有没有结果，那就不得而知。”他的心地

又是这般真挚坦白，赤裸裸地毫无虚伪。比方遇到他不愿意或者不能帮忙的事情，他就老实不客气地给你一个坚决的拒绝，即使你感到十分的难堪，他也不管的。

亚子先生是一个特别重感情的人，因此凡是认识他的人，在最初第一次的见面后，就会在脑海中留下一个深刻的印象，感到他是个最好的朋友。记得前年一月，我同特第一次去拜访亚子先生时，一见面，他就紧紧地握着特的手，高兴得几分钟还说不出一个字来。我呢，呆呆地像一个傻瓜似的站在一旁，不知如何是好，结果还是特请他坐下，他才放开了特的手。为了要急于返湘，那天没有谈多久就走了。回到船上，特对我说：

我从来没有遇到一个像亚子先生那么热情的老人家，你看他的手多有力，我被他握痛了。”

亚子先生对待朋友，总是那么热情，关心，同情他们（或她们）的境遇，体贴他们的困难。帮助他们，而不希望得到丝毫酬报。对于我，他完全像个老母亲对待幼小的儿女似的那么关心。1933 年的春天，我几乎苦痛到要自杀的地步。亚子先生是那样恳挚地劝慰我，鼓励我拿出理智来战胜环境，不要白白地牺牲了自己有希望的前途！等到我将和特结合的消息报告他时，他几乎快乐得发狂了！居然在梦里做起诗来，半夜里赶快披衣起床写好寄给我们。

“十日三传讯，开缄喜欲狂。”这是描写他知道我的精神有了寄托后的愉快与安慰。“冰莹今付汝，好为护红颜。”读到这两句诗时，特从心坎里发出快乐的微笑：

“哈哈，这简直象丈人公写给女婿的诗呢!”

这话引得我也笑起来了。

亚子先生在别人看来，简直是个快乐之神，他有一位精明能干，体贴入微的夫人，无论对内对外，都不用他自己操心。儿子、媳妇、女儿、女婿，一家人都在教育界负着重大的使命，都能继承他的文化事业，尤其是那位富有文学天才，思想前进的第二女公子无垢女士，更是他的第二生命。正是为了他太爱无垢了，所以他在情感上起了很大的变化。理智是赞成她出国去开拓她伟大的前途，然而情感不能离开她，甚至于到最近两三个月来，为了这事，他竟和许多朋友都断绝了书信往来，内心似乎没有以前的快乐了!

本来他就有这么一个怪脾气，在高兴的时候，可以一天给你写一封快信，而里面所写的有时仅仅只有几个字，如果遇到他不高兴时，你就是一连去几封信，他也不会理你的。

末了，我谨以至诚祝亚子先生和孑民先生这两位为大众所爱戴的寿星，精神矍铄；更恳求亚子先生以爱女之心，来爱万万千千的群众，领导前进的青年，为多难的中华民族奋斗!

1936年6月于南村

老马识途

◘ 徐铸成

我国古籍上有不少寓言、故事，发人深省，《老马识途》，即是杰出的一则。

一匹老牲口，有什么学识才能可言呢？但是，只要虚心下问，调动一切积极因素，就是老马，也能凭它的经验，帮助人们摆脱困境，作出贡献。如果固执已见，目空一切，那末，即使是千里马，也是不能发挥所长，只能遭到投置闲散的待遇。

马寅初先生是我国老一辈的经济学家，历任不少大学的教授，并曾在南京政府任立法委员。那时，他对政治还有书生之见，囿于现象，所以，鲁迅在《两地书》，中，曾认为“角子、铜元；铜元、角子”的学者，耻与同席。但在抗战开始后，他风骨磷磷，坚决向四大家族斗争，被囚禁死狱达数年之久，到胜利后才获释。他是息烽集中营九死一生的孑遗之一。

1949年我与他同船自香港北上，才得以识荆。记得那年他是六十三岁，而身体健壮，红光满面，性格十分爽朗。即使在船上，他也坚持每天一次冷水浴（清晨）一次热水浴（睡前）。他说，这已成了习惯，从未间断过。我问："在息烽监禁时，也有这个条件么?"他说："他们不给热水，冷水总是有的。我就晚上也改用冷水洗澡。冬天，我有时还用雪周身擦洗，洗后转觉遍体温暖，通身舒泰。"他还说："我年轻时身体并不强健，数十年坚持冷水浴，从未生过病，伤风咳嗽也没有过。

马老是浙江嵊县人。他在船上闲谈时，曾说："我们嵊县多荒山，是有名的穷县，劳动人民无以为生，女的多唱戏，男的铤而走险，上山当强盗。越剧名演员如姚水娟、筱丹桂等，对人都说原籍绍兴，实际全是嵊县人。我早年赴京赶考，后来在大学任教，每次过沪，住在小客栈里，填写旅客表时，也总写绍兴人。因为曾吃过苦头，写上籍贯嵊县，查房间巡捕必反复盘问，好象总有盗匪的嫌疑。"

解放之初，他很受尊重，先后任中央人民政府委员，华东军政委员会副主席等职，成为无党派民主人士的头面人物。大约在1953年左右，他以全国人民代表的资格，到浙江各地视察，看到农村儿童极多，人口增长率很高，因此，大声疾呼节制生育，并和几个中医研究如何有效避孕的办法，结果遭到了批判，说人多热气高，不要只看到六亿张口，还要看到有六亿双手，只要有社会主义制度，人口再增加几倍，也能够解决生活问题。六十年代起，更被拔高作为新人口论的典型人物，马尔萨斯的信徒，成为重点批判的“反动学术权威”，一巴掌把他从北京大学校长的座位上打翻在地（当然，还要“踏上一双脚”），从此以后，他就消声匿迹了。听说怂恿并操纵这个批判的，也是“那个理论权威”。

在文化大革命中，一面大力推行计划生育，一面仍不放松对“新人口论”的批判。不学如我，也像一般小民一样，两者的究竟区别在哪里？实在莫名其妙。

我们同船的四老中，包达老，柳亚老在五十年代已先后谢世，陈淑老也已作了古人！马老是迄今唯一健在的。能够年过九十，经历烈日、风霜而不凋，这肯定是早年注意锻炼的成果。活着就是胜利。能及身看到四人帮的垮台，自己的冤枉得到彻底的平反，是多么幸福啊！但国家却蒙受了不可弥补的损失，正如报纸标题所指出的“误批一人，错增三亿。”今天如果国家少掉三亿人口，事情就好办多了。

我的三位老师

陈白尘

大概从六岁起，我便进私塾“开蒙”认“字方”了。那时我三哥正从花门楼的万二先生读，我是附从。万二先生佚其名，给我的印象，如今只剩下他那口残缺不全的大黄牙了。失敬得很，后来读《幼学琼林》时，其中好像有一句叫“笑人齿缺，谓之狗窦洞开”。在我以后多年中，我一想起这位老师，不知怎么总同时想到“狗窦洞开”这四个字，真是有失尊师之道。

老实说，我对这位开蒙老师实在无法尊重，他的主要精力全放在像我二哥这般年龄的大学生身上：他们不是读《书经》，便是读《诗经》，什么“关关雎鸠，在河之洲”，念得震天价响。而对我辈小学生认认“父”、“母”、“日”、“月”之类“字方”，自然不屑一顾。有时便叫我三哥代教。他当时十四岁，大概已懂得“窈窕淑女，君子好逑了，哪里顾得管我？第二年，万二先生搬了家，私塾迁到东门里北侧斗姥宫前城脚下两间瓦房里，而我三哥辍学，习手艺去了。我这个小学生便没人管，于是每天一次借口解手，登上城楼远眺一阵；或者在通往斗姥宫的九曲桥上徘徊往返，但不敢闯进斗姥宫去。我知道那是小小的一个孤岛，周围也不过大约二十亩左右的水池，但在我可当作瑶池仙境的呀！至于小便，则随时可以出书房来透口气。其实我们都是早在家里解过大便的了。大小学生无不如此，做塾师的也只好听之任之。横竖不管“大”“小”，都以竹牌为凭，这可叫做轮流休息法。至于老师呢，自然也是要解手的，他当然不要领竹牌子。这时候，则不管大小学生可都一律“解放”，大跳大闹一阵子了。这可算是法外的休息。我真不明白这些私塾老师，为什么一定要将自己的学生当做老鼠似的看守着，而自居于镇压鼠辈的猫的地位？到头来没有什么学生不恨他。我不知道大的学生如何，在我辈六七岁学生中可用《百家姓》来咒骂这些可恶的教书先生了：

赵钱孙李——先生没理；
周吴郑王——先生没床；
冯陈褚卫——先生没被；
蒋沈韩杨——先生没娘！……

我父亲“迷妈”了二年，才发现我学无长进之处，或者是发现万二先生并非高明，而为我另择一位严师了。

我的第二位老师被尊称为顾老先生而不名。其实我也从未敢于请教过他的“大名”和“雅篆”。他当时已年过半百，鼻架一副铜边眼镜，有两撇花白胡须。伴随这胡须的，是一块永远沾了水的土布手巾，以便随时捋抹它，似乎防它干燥而脆断一般。这些，在我当时看来，都有几分庄严之感。只可惜他的头发不免令人感到滑稽：辫子是剪去了，却还留有四五寸长的残余；前额呢，还是按前清遗制，剃光了。这在我们家乡，被称为“鸭屁股”，是种贬词，其意接近“封建遗孽”之类。它是比我的“马桶盖”更为落后一点：因为我是防患于未然，而他可是未忘旧朝。更何况我此时已全头剃光，成了百分之百的“革命党”呢！

但我对他还是敬畏的。第一，他是淮安人，淮安的读书人比我们淮阴多。第二，他不是像万二先生船教“散馆”，而是淮阴城里大户人家全公馆礼聘来的西席，专教全家大少爷全珍宝的。而我和另外两位小学生则是全大少爷的伴读。而伴读之中还有二等：我家对门鼎吉祥绸布庄的总管事朱三太爷的螟蛉子朱斌卿才是正式伴读，鼎吉祥的鼎盛时期每年营业额达六七十万大洋，则其总管事的少爷以财产论是堪与全大少爷媲美的。至于我和另一姓查的学生，则又是朱大少爷的伴读，是二等的了。师以徒尊，我不能不加以敬畏。

学生少而老师严，我这才认真读书了。可是学生有主从之分，顾老先生的教授自以全大少爷为主。这时他已约有十四五岁，朱斌卿和他相似。我又小于他们六七岁，只有以小从大了。比如顾老先生教他俩学对联，什么“天对地，雨对风，大陆对长空，山花对海树，赤日对青松……”我也得跟着背诵。因此我除了死读《三字经》和《大学》、《中庸》之外，也略懂对联的规律了。第二年，从两个字对到五个字，顾老先生说，我可以读《千家诗》了。但到年底，全公馆读书生活突然结束了。不然的话，从五言到七言，都能对仗工稳，诌几首五律、七律，如今也可以附庸风雅，不致于在骚人墨客雅集中每每避席逃会了！

但全公馆的西席顾老先生何以突然中止教读，至今也不明所以。但据我后来的推理，大概是那位纨袴子弟的全珍宝学兄无心读书，学了贾宝玉，与什么姐姐、妹妹结婚去了。因为这位少爷虽无贾宝玉的天资，却颇耽于女色。从每天必来书房几趟的一位俏丫环的眉眼上，也从少爷那斫丧过度的苍白脸色上，看得出消息来。再证这以朱斌卿少爷次年的结婚大典来说，大概是不差的了。

说到这位朱少爷，可和全家少爷完全不同，从来不对我摆少爷架子，虽然也大我六岁，却是我童年生活中唯一的朋友。他原来的出身也许是贫家子，所以生得聪明伶俐，能说会道。见我母亲、嫂子们，都是大妈长、嫂子短的，叫得亲热无比，丝毫没有嫌贫爱富之处。因此，我们全家上下也都喜欢他。他对我更特别亲热，只叫“四弟”，而不直呼学名。他无兄弟，我无伴侣，于是成了忘年之交。每天下午放学归来，特别是新年放假期中，他几乎都拖我这小朋友去玩耍。走累了，他抱我；下雨天，他背我。吃什么，他让我；看什么，他扛我在肩。真是形影不离，如胶似膝。可是全家书房一散伙，我另从良师，便少来往了。或者说，他也“君子好逑”了。再过一年，果然说他要娶亲了。那时代十六岁结婚是正常的。

但他在结婚之前，居然不忘旧友，对他父母提出要求：请我去为他“压床”。所谓压床者，是淮阴的旧俗：在婚期前夕，请一位童男子和新郎同床而眠，以预兆早生男孩之意。还有附带条件：这童男子必须父亲健在，兄弟姊妹俱全。而我是百分之百的合格人选。我的双亲自然应允，我也欣然同意。这一晚，被称为“暖房”，我自然是位小小贵宾了。当夜新房中灯烛辉煌，自不必说，而崭新的牙床、崭新的缎被、崭新的褥垫和绣枕，都让我提前享受，也很得意。只是床上撒满了枣子、染成红绿色的花生和桂圆、瓜子之类，颇为讨厌。可我这位学兄告我：枣者，早也；花生者，生也；桂圆者，贵也；瓜子，自然是子也。是取“早生贵子”而且“瓜瓞绵绵”之意。于是我们就大吃其“早生贵子”，以至昏昏入睡！

“压床”之俗并不灵验，而朱三太爷却去世了。我这位学兄于是大肆挥霍，吃喝嫖赌，样样精通，而且还吸上了鸦片烟。几年之后，家产荡尽，潦倒而逝了！——这是后话。因此，我童年中唯一的大朋友也没有了！

话说回来，再谈我的第三位老师。他姓汪，佚其名，字维洲。据我父亲说，他是当时私塾先生中饱学之士了。何以为证呢？淮阴的最高学府，应数第六师范。而六师的学生还请他补习国文，便是铁证。但我父亲未免太“迷妈”了；他如此饱学，岂能屈尊教我这“略识之无”的小学生？开学之后，果然见有三五位十七八岁的大学生，每天早晨来向他求教一二小时而去。然后才来管我及另一个姓任的小学生的功课。他的管教，先是背一背前一天教的书，然后才点教一段新书，并不讲解，命令第二天再背新书。新书日增、旧书照背，如此二年，所背诵之书积高二尺有余了。他所不同于顾老先生者，即在“四书”之外，要我们读点“实学”——即如《幼学琼林》、《秋水轩尺牍》之类而已。

大约中午十一时，汪先生便赋归去了。至于我们这两位小鬼何时回家午饭，他倒概不追究。至于下午呢？他老先生却到茶楼品茗、听书去也！我俩是否在塾读书，他却深信我们的自觉性的。

汪先生当时年未半百，五官端正，虎背熊腰，确有正人君子之风，我辈小子自然惟命是从，遵守师训，虽是下午，也是照常到塾读书不误。可是日久玩生，大约半个月之后，才明白汪先生下午绝不再来的了，我等小鬼二人，也就生出鬼主意来了。

说也难怪，这私塾所在地的环境实在不佳。淮阴城内东大街之南，有一条与之平行的游府街，经过商会再往西，有个小广场。每到下午，广场上有徐海一带的江湖艺人说唱鼓书，敲锣打鼓，吸引听众百数十人，颇为热闹。在这书场西侧，有座大院，似乎是户大户人家。在这大院里有个小小的独院，单开门，院内有两间书房，这便是我们汪老先生杏坛所在。里间是汪先生和大学生的起座处，外间便是我俩读书的书桌。每到下午，我们两个小学生读几遍新书，背熟了，无事可做，便研究起这个环境来。这一来不打紧，却发现两张书桌对面的墙壁上方，悬吊着神龛，其上没有香炉、烛台和牌位这类。这是什么人家的祖宗牌位么？何以放在我们书房里？于是两个小鬼以“探险家”的精神，挪近书桌，加上坐凳，爬了上去，探个究竟。谁知不探犹可，这一探，虽未魂飞天外，也都全身颤抖起来。原来那牌位上并非谁家祖宗，而是供的“大仙太爷”！

我不知现在我的家乡是否还有什么“大仙太爷”的“神话”；在我幼年，耳朵里是充满关于他的传说的。所谓“大仙”者，是狐仙的尊称，径称为狐，是要受惩罚的。正如皇帝的名字应该忌讳一样。所谓狐仙，究竟是因为先有《聊斋志异》而后才有传说的呢？抑或是蒲松龄老先生也听到传说才笔之于书的呢？这是文学史考据家的事，我自然不管。但有一点，我们家乡的狐仙，可与蒲先生笔下的有异：他写的狐狸精很多是幻身为美女的，我虽幼小，也颇懂得美女之可爱，恨不能亲身一见。至于我们这儿的“大仙太爷”，却听说都是白胡子老翁。他每每率领全家族寄居在你府上——虽然凡人的眼睛一般是看不见，却又听得见，感得到。比如，你对他老人家稍有不敬，他可以施行法术，捣毁你家一切财物，以至锅碗瓢盆都会满天飞舞，仿佛有隐身人在搞“打砸抢”一般，而且还有斥骂之声，也如“造反派”的声势汹汹。——自然，这都是我祖母辈以至一切善男信女们所传云云，我还是无缘得见。尽管如此，我也是有点相信的，否则何致于全身颤抖呢？这也足可证明，我当时还不是一个彻底的唯物主义者！

我俩连滚带爬下了书桌，惊魂未定，却又追悔起来。按当地习俗，对于大仙太爷每逢初一、十五日，是要敬之以熟鸡蛋二枚的，当时心慌意乱，可没看清是否有蛋或蛋壳。再次探险么，确实不敢，只好存疑了。而最现实的问题：我们这两个小鬼难道要等到白胡子老翁式的“大仙太爷”出来显灵呢，还是敬鬼神而远之呢？这时，大门外广场上说唱鼓书的锣鼓已响，我们自然包起书包，被吸引到广场的边缘上去了。但两天以后，对这“方言文字”不感兴趣了，而且我们似乎还有了觉悟：我们的汪老先生每到下午不来书房，是否也是害怕“大仙”呢？再加深究，他之租赁这两间书房，是否正因为它闹“大仙太爷”而不付或少付租金呢？那他更是其心可诛了！我们两个小鬼便订下“攻守同盟”，即从今以后，每天下午坚决不来读书，以示抗议。如果谁来了，或者向汪先生告密，那就

该“天诛地灭”!

从此以后，我俩下午各自东西，来个“逃之夭夭”——长期逃学了。这一秘密直到近两年以后才被我父亲发觉，冤哉枉也。挨了他一顿屁股！我父亲也真是太“迷妈”了！但在这近两年中，我的寂寞生活固然寂寞，可回忆起来，也颇有足述者哩！

1984 年 4 月 1 日

回忆当年竺校长

谈家桢

竺可桢先生是一位学问渊博、胸襟开阔、气质高超，且能容纳各派人才的伟人。因此，各方著名学者，都愿意前来浙大与他共事；并愿聚在他的周围，为完成“办好浙大”这个艰巨而光荣的目标奋斗。后来不少同事，因事离校，但这般“凝聚力”依然存在，还是保持联系，相互关心，还像欢聚共事一样，各自继续作出新的贡献。

我是怎样与竺先生相识的？我是一个从教会学校出身的学生，但是我只信科学而不信仰宗教。1936 年，我在美国获得博士学位以后，就想回国，早些参加祖国的科学家行列，为发展中国科学事业而奋斗！由于我的导师坚留，推迟了一年。1937 年秋又获博士后学位，我决定回国了。当时我的母校东吴大学要我返校任教，我不想去，我嫌那里“洋人”味道太重了。我希望能够到一所我们国家自己办的大学里去，扎扎实实地搞一些科学研究和教育工作。那时在旧社会里，派系林立，壁垒森严。一个教会学校出身的大学生想进国立大学任教，确是一件不很容易的事。事也凑巧，我的一位留美同学，他是在东南大学毕业的，知道我这情况以后，就替我写信给他的老师胡刚复先生。由于胡先生的推荐，不久，竺可桢校长代表浙江大学给我寄来了聘书，聘我为浙大生物系正教授，每月薪金300元大洋，这样崇高的职位和优厚的薪金在一个年仅28岁的回国留学生来说，确是不易得到的。为什么竺校长对我这样优厚？我不是他的学生，更不是他同乡亲戚；推荐给他的那位留美同学（朱正元先生）也不是竺先生的及门弟子，仅是一般的师生关系。从这一点看，可以说明：竺先生是“任人唯才”，而是不讲派系的，所以他把像我这样一个“外来人”也聘进来了。后来我还听说；沪江大学出身的涂长望教授和燕京大学来的谭其骧教授等也都由他聘来浙大，并且都得重用，可见他聘用教会学校出身的教授，并非仅我一人。

竺先生对待自己的门生，校友却比客卿教师要严格得多了。浙大迁到遵义时，这时有相当多的一批留学德国和英美的浙大校友回国了。这些校友成绩都是名列前茅，且获博士学位。竺先生认为他们是在本校毕业的，回母校任教要求从严，这样可以使人信服。这些博士因此一律先给讲师待遇，满一年后，再升为副教授。如著名教授徐瑞云、江希明、刘馥英等都是如此。但是他对获博士回来的非浙大校友，则一律以副教授名义聘任起薪。有人说：“竺先生来浙大就任校长，他带来了一大批东南大学的同事和学生，且付以大权。”这是事实，但却是很有道理。因为这些东大来的教授，绝大部分是极为宝贵的人才。如胡刚复、王季梁、梅光迪和张其昀等都是举国著名的学者，别校想聘也聘不到喱！浙大为什么不要？竺先生在东南大学时，已经深悉他们的学行水平，为什么不把他们请来呢？公正的人，也都懂得中国有句古话“内举不避亲”的。这样才能真正做到“唯才是用”。当时浙大数学和生物等系由于教授阵容比较坚强，早已驰誉海内，其余诸系如物理、化学、史地、外文等系，都是在这些教授来浙大后发展起来的，而且办得十分出色，成为国内外著名的学系。又如浙大的有些职位，如总务长、分校主任、附中校长等等，遵照当时国家规定：“都要由教授来兼任”。浙大教授都喜欢搞教学和科研，不甚乐意担任行政；可是这些工作却要人来承担。怎么办呢？竺先生往往是带有一半命令的方式委请当年在东大读过书的及门弟子兼任。如胡家健教授之任总务长，朱正元教授之任附中校长和储润科教授之任永兴分校主任等等就是如此。可是他在聘用这些东大门生之中，偶然也有个别不符合要求的，竺先生总是严肃地对待，请他另去高就，这是尽人皆知的。有些人对理学院院长胡刚复先生有意见，认为他是才大气粗；但我认为：他是竺先生的总参谋，他对浙大的西迁，从考察迁徙点到搬迁定居和理学院的发展有着不可磨灭的功绩。竺先生犹如元帅，他饶有帅才；但是也有不足之处，胡先生是他的好参谋，为之拾遗补缺。而胡先生却少竺先生当元帅的领导能力，所以有人不服，唤他为“胡刚愎”，可是他是一个大有功于浙大的好人。

竺校长出任校长，是十分珍重原校的元老教授的。他出任时确曾把前校长郭任远遗留下的一些镇压学生的“党棍”给辞退了，把不称职的教职员调换了岗位；同时又引进了原东南大学任教时的不少同事和学生，这样在浙大就出现了“一朝天子一朝臣”的流言，这是完全可以理解的。对这些事，我是这样认识的。在这校事纷纭，快刀斩乱麻的时候，竺先生却把反对郭任远而辞职的蔡邦华、张绍忠、束星北、何增禄等等著名教授都请了回来，并且一一委以重任。对于坚持职守，没有离开的浙大“元老”，如郑晓沧、贝时璋、陈建功、苏步青、李寿恒、吴馥初、周厚复、王国松等等各教授则一一拜访，聘任原职。其中李寿恒教授聘为工学院院长，蔡邦华教授为农学院院长，张绍忠教授为教务长，郑晓沧教授为研究生院院长等等。这许多老教授在竺先生任职期间，都能通力合作，发挥十分巨大的作用。竺先生在杭州，三顾茅庐，还拜访了老校长邵裴子先生，恳请他回浙大主持文科各系。多次访谒马一浮先生，请他出山，来浙大讲学。这都可以说明竺先生对前辈或同辈元老与教授的崇敬与器重了。

竺先生还为我们创造了优越美好的学术研究环境，那是抗战时期，浙大搬迁在偏僻的贵州湄潭荒远的小县城里。那里没有电灯，大家都用油盏灯燃着灯草点亮，工资因战争总打折扣，而物价又不断上涨，生活比较清苦。可是浙大师生都是以校为家，兢兢业业，心境都很舒畅。就我来说，回顾自己的一生中，最有作为的，就是在这湄潭工作的时期。我的学术上最重要的成就，就是在湄潭县“唐家祠堂”那所土房子里完成的。现在回想起来，应该好好感谢竺可桢先生，因为他为我们教师创造了这种美好的研究环境。有时我和同仁王淦昌、苏步青等教授欢聚的时候，回忆那时情景，大家都兴奋地说“在湄潭，是我们最难忘的时刻。”他们的一些重大成就，也是在这个时期完成的。英国科学家李约瑟博士，来湄潭参观时，他看到我们在这些土房子里研究出来的震动国外的学术论文，深为感动；并感叹地赞美我们说：“东方的浙江大学可与西方的剑桥大学媲美!”

竺先生离开浙大以后，去中国科学院担任领导，但是他对浙大同仁还是十分关心的。我们每次去北京参加会议，他总是召集我们一起去团聚。他十分关心我们的工作和成就。在广州举行“科学规划讨论会”上，他集合了与浙大有关的师生 65 人欢聚，同时还为苏步青先生祝寿；一个老校长还记得比他小 12 岁的一位同事的生日，真是难能可贵，这也可见他对学术和学者的关心。建国以后，我所研究的遗传学，一度受到苏联学派李森科等的排挤，诬为反动伪科学，不准在大学中再教这门课。1957 年教授评级时歧视我而未评我一级教授。同时，还强迫我去跟那位没有文化的“中国李森科”去“学习”。这些情况，后来被竺先生知道了，我是批判对象，他却为我不平。在北京中国科学院中，他对人说：“政治不能代替科学，对学术研究怎么可以带政治帽子？”在那样的气氛中，知识分子已是噤若寒蝉，他敢于出来，为坚持真理讲话，我是终生难忘的。

缅怀故人，我是深切地感到我们真正需要继承竺先生的遗风啊！我参加大学教育工作已 60 年了。纵观我国近代高等教育的历史，我深深地认识到办大学而成功的校长只有两个人；其一蔡元培先生，另一位就是竺可桢先生了。他们两人都具有许多优点，都是胸襟开阔，气度宏伟，都能打破各种思想和学术的派系束缚而广罗人才，去充分发挥各种学术思想和发展各个学术领域。他们自己，则是学有专长，学识渊博。他们非但自己进行学术研究，还能够领导学者们开展各项学术研究。他们不但十分关心别人的研究环境，还帮助他们解决困难。借用几句古话，他们的品格是发强刚毅，学识则溥博渊泉，修已是齐庄中正，对人则宽厚有容。“学而不厌，诲人不倦”、“磨而不磷，涅而不缁。”真的“仰之弥高，钻之弥坚。”蔡先生之与竺先生相比，蔡先生主持北大时期，是在和平时期，而竺先生接长浙大时期，正好是在民族危亡的抗日战争时期，其困难

程度当比和平时期要困难得多。竺先生自奉清廉，与浙大师生同甘共苦。学校西迁泰和时，竺夫人病危、病故，他都不能很好照顾料理，他为浙大师生安危，继续到处奔波。全校师生无不感动，凄然泪下。在这民族抗战危急存亡这秋。办好这样一所不断般迁流亡中的国立大学是很不容易的。今天我们研究如何开展纪念竺可桢先生诞辰一百周年之际，我希望各有关方面，大家都来总结竺先生的办学经验，要大书特书他的事迹。不仅如此，最最重要的是多启发一些领导人像竺先生那样把周围的人才都凝聚起来，把学校办好。如今全世界各个先进国家，都在提倡教育兴国，都已感到不抓教育是不行了。英国首相撒切尔夫人去年（1988）在皇家学会年会上讲：“不重视知识分子的国家，必定走向死亡。”她对全国科学家讲这些话，是表示她的政府对教育的重视，美国新任总统布什，在他的总统宣誓大会上也发誓要当一名“教育总统”。他也知道，不抓教育也不行了。我们国家是文明古国，重视教育是我们的优良传统，可是近代比这些国家差多了，如果再不急起直追，就危险了。但是怎么赶呢？我认为竺先生的办学是个好榜样，值得举国上下向他学习的。

竺可桢先生二三事

谈家桢

3 月 7 日是竺可桢先生的百岁诞辰之期，我与他共事十余年，相知甚深。许多往事，常常使我难以忘怀。

那是 1937 年的秋天，我在美国摩尔根实验室完成了博士学位以后，又遵照了导师杜布赞斯基的要求，再留下来，随他搞了一年的研究工作，所以我再也不愿意留在美国了。我急于要回国的原因是：中国已开始了神圣的抗日战争，我应该回到祖国去，增加一分力量。另一个原因是中国也需要发展遗传科学。我早点回去，可以早点培养出我们自己的遗传教学和研究人才。

可是在那个时期，封建思想十分顽固地控制着全中国。各大学派别森严难越。我是一个在教会学校中长大的学生，我的关系体系是属于教会这一个系统的。可是我不想再回到教会办的大学中去。我希望能找到一所学术空气浓厚的国立大学去，因为那里的学生清贫好学，容易培养，毕业以后又容易直接参加国家建设。可是我无法越过这条鸿沟，走不进国立大学去。

我正在苦恼无路之时，我的一位留美同学朱正元先生（他是东南大学物理系毕业生，他们的系主任胡刚复先生在浙江大学担任文理学院院长）说替我写一封信去试试，时隔不久，回信来了，中附竺可桢校长的聘书，让我立刻返国，到浙大去。真是喜出望外，于是我毅然回国了。

我到浙大任教那年是 28 岁，听说是最年青的教授了。当时竺可桢校长批给我的待遇是：二级教授，工资三百元。真算是重金聘请了。为什么待我独厚？是不是他对任何外国回来的博士都如此优待呢？我起初不知道。后来我看那些从东南大学或中央大学毕业，而且也是从美国或德国获博士学位回来的他的过去门生，都给副教授待遇。而对浙大本校毕业，也是从国外获博士学位回国的则一律先给一级讲师起用（到一年以后如果成绩好再提升副教授）。这情况当然会引起本校毕业的一些同学的不满，有个别的人向竺校长提意见。可是他说："校友回母校服务，理应低于客校前来者。这个道理，你们应该懂得。"所以浙大同仁，谁都知道竺先生一向是待人宽、责己严，对待关系越深的教师，要求越严，而且待遇也越低。只有这样才能信服于人。有个别业务上不能适应的门生，在他了解以后都毫不客气地把他们辞退了。而我为什么能定级这样高呢？后

来我知道，因为我在摩尔根实验室获博士后又研究一年，有一个“博士后”的学位，所以比一般的外校博士又高了一级。

我到浙大以后知道，浙大是一所重视学术科研的好大学。浙大本身并不缺乏教授，特别是浙大的生物系，已经有了不少著名的教授了，如贝时璋先生等都早已在浙大了。可是竺可桢先生知道我是搞遗传学的，他希望摩尔根的学说也能在浙大生根发展，这时他不但对我如此，对别人也是一样，不久罗宗洛教授又被他请到浙大来，也在生物系任教。生物系如此，其他系也是如此。可见当时的浙大在竺先生主持下，真是哲彦济济学人荟萃了。当时的学术之盛也可想而知。英国皇家学会会长李约瑟博士就是看到了这种情况，才赞美地说：“浙大是东方的剑桥”。

那时候，我们随浙大西迁，边逃、边迁、边上课。实验、上课都在破庙里，大家都是地瓜（山芋）充饥，青灯照明。在那种情况下，哪里谈得上舒适。可是我们大家心情很舒畅。那时候竺可桢也和我们一样同甘共苦，所以我们大家愿意跟着他同舟共济。我的一些最重要研究论文就是在那穷乡僻壤的湄潭唐家祠堂中研究出来的。我的一些卓有成就的学生，也是在那里培养出来的。我今天回顾我的一生，最宝贵的时期，就是在浙江大学任教的这个时期，而这个时期的舒畅心情与环境的形成，是与竺可桢先生的努力分不开的。那时期，竺先生自已也搞科研，他以行动带动全校。

我们这些与竺可桢先生共事过的教师，都愿凝聚在他的周围，一起办教育和搞科研。即使在那最艰苦的岁月里，许多单位和学校常常以高职位高薪水来浙大聘我们。可是我们这些同事，就是情愿受苦，也不愿意离开。这又是为了什么？我的一生中见过许多大学校长，可是像他这样具有凝聚力的校长，还没有见过。我在年青的时候，最崇敬的校长是蔡元培先生。他那兼容并蓄的胸襟、广罗人才和尊重人才的精神，使北京大学在文化运动中一直站在最前哨，最终还掀起了“五四运动”。可见他多么伟大。可是我未见过蔡先生，我是从学习他的事迹中，敬佩他的。我常常在想，竺可桢先生是可以与蔡先生相比的两位好校长。因为蔡先生所具备的，竺先生几乎全都具有，而竺先生所处的年代，是乱世，情况更加艰巨了。在那样的环境里，他既要支持大家参加民主运动，又领导大家开展自由学术活动，是多么不容易啊！

竺先生胸襟开阔，气度恢宏，是我们这些人难以相比的，他学识渊博，作风平易，永远是我的学习榜样。最使我不能忘记的就是那次我被全国李森科学派包围之时，是他在北京为我不平地说：“对待学术研究怎能把政治连在一起？”他的一句话，对我有多么大的作用啊！

总之，竺先生是我毕生最难忘的校长、教师和挚友。

回忆梁宗岱

罗大冈

如果我记忆正确，梁宗岱先生（1903—1983）翻译法国诗人梵乐希（瓦雷里）的《水仙辞》，发表在《小说月报》上，那年，我还是个高中学生。《水仙辞》原诗高洁的意境，梁先生译笔的华丽，当时给我很深的印象。后来，我选择了法国语言文学作为学习的专科，和梁译《水仙辞》的艺术魅力给我的启迪多少是有关系的。

梁译《水仙辞》的发表，不但对于像我那样一个普通中学生曾经产生不小的影响，而且在当时中国文艺界也是一件引起广泛注意的事，从此，梁宗岱的名字渐渐地为国内爱好外国文学的青年们所企慕。

1932 年我第一次和梁宗岱先生晤面。那时，他任北京大学法语系主任兼教授，虽然年龄还只有二十九岁，而我已经二十三岁，却只是中法大学三年级的学生，由于准备写毕业论文，不知道选什么题目好，我很想拜访一次著名法国文学专家梁宗岱先生，向他请教。于是就请我的朋友卞之琳做介绍人。卞当时是北大英文系学生，可能旁听过梁教授的课，所以认得他。梁教授同意接见我，到约定的日子，卞之琳领着我这个土头土脑寒伧胆怯的学生去拜访梁教授。

记得那时梁宗岱先生住在胡适家中的一个独门独户的偏院。他一人住一间宽大的花厅。好像把原来的隔墙拆除了，用苇席隔成若干小间，包括梁教授的书室，卧室，餐室，会客室等。我和卞之琳在会客室里坐了一阵子，等候梁教授从外边回来。不多久，从院子进来了一位身材颀长，风度翩翩的青年人。卞之琳站起来介绍："这位是梁教授；这是罗大冈……"我站起来，深深鞠了一躬，然后正襟危坐，恭听梁教授的教言。没有想到，他一开口就问我："你们中法大学的女生谁最漂亮？"我不觉为之一愣，结结巴巴地回答不上来。这时梁教授脸上露出嘲笑的神气，也就不坚持非要我回答他的问题。后来我明白了，风流倜傥的梁教授要考验我，看我的反应是否灵敏，心情是否开朗，配不配研究法国文学。很显然，他对于我愚钝神态大为失望，断定我不是研究法国文学的好材料。所以关于我写什么毕业论文的问题，他已经不感兴趣，随便谈了几句别的事。最后他嘱咐我要认真地听中法大学一位刚刚从法国回来的女博士的讲课。这位女教授据说是专精法国现代文学的，让我去听她的课。对于我写论文有好处。谈话继续不下去了，我就站起来告辞。

自从那次晤面之后，几乎有五十年之久，我没有再见到梁宗岱先生，没有通信，没有任何联系，既无工作上的关系，也无私人往还。

1978 年 11 月，在广州召开外国文学工作规划会议，会上成立了全国性的外国文学学会。到会的各地代表有二百人左右，梁宗岱先生也应邀出席了会议。我从北京到达广州，向大会报到那天晚上，听到梁宗岱先生就住在同一个宾馆，就和二三人熟人，到梁先生房间里去拜访他。他已经上床休息了，听见有人去看他，他和我们招呼了一下，没有下床，似乎很疲乏，我们不好意思打扰他，匆匆退出来了。如果不是事先了解情况，我怎么也不敢相信那位躺在床上的白发老人，就是我在 1932 年见到的翩翩年少，风流倜傥的梁宗岱。当然，我自己经历了半个世纪的风风雨雨，也已经成了龙钟老汉。难怪梁先生和我相见时根本想不起来我是什么人。我告诉他："我是罗大冈，中法大学的学生，梁先生记得吗？"他面部毫无表情。很显然，在他脑子里，连我姓名也没有留下丝毫影子。这也是完全可以理解的。同时，这也说明，虽然梁先生是我的同行和前辈，我是晚辈，可是我们两人之间一直没有交往关系。

在那次会上，他和我分在同一个小组，常有见面的机会。在闲谈时，他告诉我们，最近若干年来，他把全部精力和时间

用在酿造药酒的工作上。这是一种梁氏祖传的秘方，效果非凡，可治百病。将来出名之后，必将震惊世界，他的目的在于济世，丝毫没有沽名牟利的意图，这一点，我是完全相信他的。如果不出于崇高的动机，他完全有条件度清闲舒适的暮年，没有必要倾家荡产，整天为他的药酒操心。

大会结束，大家分手时，梁先生向几个熟友，每人赠送梁氏药酒一瓶，我也得到一瓶。从广州回北京的火车上，我受了风寒，身体不适，于是打开梁先生的秘制药酒来喝。火车还没进入河北省界，那瓶已被喝干了，虽然我在平时是没有喝酒习惯的。

1979 年在北京参加第四届全国文代会时，我听说梁宗岱先生也来开会了。但是没有机会碰见他。

以上就是我和梁宗岱先生全部交往过程。舍此而外，完全是“风马牛不相及也”。他毕生的经历和事业我一无所知。但是我一向佩服他的文采和才华。听说他写过许多旧体诗，我没有见过。他的法国语言文学的造诣是很高的。本世纪三十年代，我在法国留学时，曾经读到梁先生和法国作家若望·普来伏斯特（1901—1944）合译的陶渊明诗选，精装一大册，有法国诗人瓦雷里（即《水仙辞》的作者梵乐希）的序言。这部法译陶诗，是我见到过的法译中国古诗中，质量比较好的。1981年冬我在巴黎访问了罗曼·罗兰夫人。罗兰夫人拿出她整理好的一大捆中国青年在数十年中给罗曼·罗兰写的信给我看。在那些信中，我发现了几封是梁宗岱先生手写的信。他的法文写得也比一般中国人来信的法文水平似乎高明一些。瓦雷里在梁译陶诗的序言中，也提到梁宗岱的法语说得比较精练。这都说明梁先生在外语方面的才能。

前两年，北京一位爱好文学的青年，问起梁宗岱译的法国十六世纪著名思想家散文家蒙田的随笔选。他说译得很好，可惜选得太少。我说我很惭愧，由于久居海外，对国内译界情况所知甚少，没有看到梁译蒙田随笔选，但是，由此可见梁宗岱选择法国作家是很有眼力，很有学问的，而时下许多人，争先恐后抢译外国时髦作家，置古典作家于不顾，即使这个作家在文学史上有极高的地位而中国没有人介绍过。

可惜梁宗岱先生未能将毕生精力集中在文艺工作，包括外国文学介绍工作上，否则他在这方面的成就一定更大。

1983 年梁宗岱逝世后，他的忠心耿耿的夫人甘少苏女士，到处搜集资料，准备给梁先生写传记，一再来信催促我写一点关于梁先生的回忆。我对梁先生所知甚少，本来是没有条件写回忆的。但是梁夫人的一片热忱感动了我，我勉强写了一点我所知道的真实情况，不加修饰，不讲求文采，聊供梁夫人参考，略表我对于一位同行的老前辈的尊敬之意。

1984 年 12 月 22 日于北京

记我的老师白薇

林焕平

我每次到北京，总要去看看我的老师黄素如——白薇同志。

1980 年，我有一次去看她，她孤零零一个人，家里连保温瓶都没有，还摇摇摆摆地要到厨房烧开水给我喝。我说不渴，不要烧了。她说，天气很热，你这么远跑来，哪能不渴呢？她还是要去烧。我说，我来烧。她说不行，你是客人，你坐着。我跟着她走进狭小的厨房去。天呀，她连水煲都没有，是用铁锅来烧开水哪！我登时打了个寒噤，眼眶都润湿了。我说："黄老师！你年纪大了，生活不能自理了，为什么不请个保姆照料您呢？"她摇摇头，像感触很多，说："我请了一个，她每天早上 9 点钟来，给我买早点买菜回来，中午给我煮饭吃了，她就回去了。"我说："为什么呢？"她说："我只住一间房子，没有地方给她住，她便回去了。晚饭，也只好由我自己来煮。”我掉下了眼泪。一位女作家，1930年就在大学教书的老教师，她的晚年竟是这样凄凉！我向周扬同志和阳翰笙同志反映了这个情况，后来，才从她的家乡接了一位亲属，50岁左右的农村妇女来照料她的生活。而她也已经无法自己料理生活了，整天都是躺在或坐在床上。头脑也逐渐不清醒了，讲话反反复复，颠颠倒倒就是那么几句。

1983年4月间，中国茅盾研究学会在北京举行成立大会暨学术讨论会，我带我的研究生王可平去参加会议。她一则为了向前辈学习（因为她有志于研究茅盾文艺思想），二则也为着照顾我（因为我也已年逾古稀了）。我要利用会议自由活动时间，带她去看望我的黄老师。我们住在西苑饭店。她说：

“白薇老师住在哪儿？有多远？”

“她住在和平里，”我说，“中途需要倒车，要走1个多小时。”“那么，来回要花3个多小时了。”可平说，“林老师，您年纪也大了，坐车上上下下，太辛苦了。”

我说：“为了看望老师，再辛苦也要去！”

我们便出发了。到了白薇老师家里，她看到我带着我的学生去看她，她格外高兴。她仿佛看到自己青年时代的影子，讲话比平时多，很兴奋。她说：

“我当年在中国公学教书时，有两个好学生，一个是桂某，另一个就是你。那时，你还象一个粉瓜似的、质朴的农村小青年。后来，桂某变坏了，只剩下你一个人了。我现在已经年老无用了，而你却已成为一个老专家、老教授了。还记得我这个病卧床第的老师，还来看望我，我很高兴，也很感激你。”

她睁着眼圈周围满是皱纹，眼球很浑浊的眼睛望着我，眼眶内闪着泪花。这既流露出她老年的寂寞心理，更流露出她崇高的师生情谊。我说：

“53年前，您是我的好老师，现在还是我的好老师，将来永远都是我的好老师！”

可平同学看到这种情景，又看看我拿来送给老师的一篓水果，也感动得淌下了热泪。这种深厚的感情埋在她心里。回到桂林后，她悄悄写了一篇短文，题为《教授尊师》，发表在报刊上，里面说：

老人听到这些，很高兴，病得苍白的脸上闪出兴奋的光泽。……这种尊师的精神不正是精神文明的体现吗！我想，作为一个青年，决不能让我们中华民族的传统美德在我们这一辈人身上丢失！

1929年暑假，我初中毕业后，去当了半年小学校长，积下了几个钱，当作路费，于1930年2月，从广东台山跑到上海，报考了中国公学大学部。

1930年，中国公学校董会董事长是蔡元培先生，上半年校长为胡适先生，下半年校长即换为马君武先生。蔡元培还是以他于“五四”前夕办北京大学的兼容并包的方针办中国公学，聘请了好些进步的好教师如郑振铎、陆侃如、冯沅君、李剑华等，白薇老师也是其中一人。李剑华教社会学，用布哈林的《唯物史观》作教材。郑振铎教《中国文学史》，陆侃如教《中国诗歌史》，都是初步尝试用唯物史观的观点去分析文学现象的。白薇老师教《名著选读》，2 月下旬开学，她讲的第一部作品是辛克莱的《屠场》，第二部是高尔基的《母亲》，第三部是里别进斯基的《一周间》，第四部是法捷耶夫的《毁灭》，第五部是革拉特珂夫《士敏土》。她讲的全部是无产阶级的文学名著。在那个时代来说，她的教学内容是先进的了。

不仅是教学内容先进，她的教学方法也是先进的。她不是把内容嚼得很烂，然后象喂小鸟似的满堂灌；可也不是粗枝大叶，讲讲每部小说的故事梗概，就算了事。1928 年至 1929 年，她向鲁迅先生请教的次数很不少，想必受到过鲁迅当年在北京大学的教学经验的熏陶。她每讲一部名著，也简要介绍一下故事情节，然后从思想性和艺术性统一的原则出发，着重分析人物性格。当时，马克思主义文艺理论介绍进来的还很少，仅鲁迅和画室（冯雪峰）翻译过普列汉诺夫的《艺术论》和《文艺与批评》等三数种而已。白薇老师还不晓得恩格斯所提出的典型环境中的典型性格的理论。但她搞创作，写剧本，写小说，写诗。创作实践告诉她：作品，第一是写人，第二是写人，第三还是写人。创作既然如此，那么对学生讲授作品，也应当是如此。所以她着重讲人物性格。例如她讲高尔基的《母亲》，

首先就着重分析了伯惠尔如何领导工人的斗争，在法庭上如何控诉旧社会的吃人罪恶，以及如何大无畏地宣传社会主义的英雄行为。对于母亲尼洛芙娜，首先分析她当初对于儿子伯惠尔秘密参加革命斗争，并且以她的家为革命据点，经常在她家里开会，她如何提心吊胆。后来，她的觉悟逐渐提高了，就由害怕逐渐变为同情，又由同情变为自己参加到革命行列里，到乡下去送宣传品，到车站去散发宣传品……终至于被捕。从这个转变和成长过程中分析母亲尼洛芙娜的性格发展。她简明扼要地分析以后，就让每个学生都看书，每看完一部书还必须写读书报告，写评论文章。这样，就把每个学生的学习积极性和写作积极性调动起来了，较好地培养了学生的独立思考和独立研究的能力。这样的教学方法，不仅在当时是先进的，即使到现在，也仍然有价值。我在大学教书已经将近 50 年。我觉得我从白薇老师身上学习了不少宝贵的东西。

尤其使我永远难忘的是：她把我带进了左翼文艺界的行列。

1930 年 3 月，第一次做作业，我写《〈屠场〉读后感》。我是贫农家庭出身的穷孩子，一到上海，就贪婪地买左翼书刊来阅读，很快便接受了这种思想，并在作业中有所流露。她给我 100 分。

4 月，第二次作业，我写《略谈高尔基的〈母亲〉》。她看了有点异样的感觉，又给我 100 分，并在作业本里夹了一个字条：

林焕平同学：

晚饭后请到我的宿舍来谈谈。

黄素如　即日

晚饭后，我到她的宿舍去了。这是女生宿舍楼上的一个房间。我敲门，她开门了。走进去的却是一个很质朴的、还有点乡下气的小青年。在她心目中，不知道想像我是怎样一个人，她上下打量着我，说：

“你就是林焕平同学吗？”

我说：“是的，我就是林焕平。”

她请我坐下，连忙开了一杯炼奶，又用碟子装了一碟子饼干，送到我面前请我吃。我生平还没有吃过这样的好东西呢。我又惊又喜，十分腼腆，又想吃，又不敢吃。心想，黄老师怎么这样好待我呢？她反复说：“吃呀，吃呀。”并且先拿起一块饼干来吃，我才敢吃。开始谈话了，我却是个刚到上海不久的广东农村青年，还不太会讲普通话，只好借助于笔谈。她问我的年龄、籍贯，又问我的家庭。我告诉他：

“我是广东省台山县人，才 18 岁多。我的父亲在乡下种田。姐姐 1 人，兄弟 6 人，有两个哥哥夭折，我排行第七。我从小放牛，干各种耕田的活，11 岁才读小学。台山是华侨的故乡，同村的华侨叔伯兄弟，见我读书成绩很好，就供给学费让我读书。我读书偏科很厉害，我不爱数理化，拼命阅读文学作品，鲁迅、郭沫若、郁达夫等人的作品都让我读完了。也拼命学写作……”

她打断我的话说：

“学文学不一定是不要学数、理、化呀，我就是在日本东京女子高等师范学校学数学的呀。”

这倒使我惊奇了。我知道左翼女作家白薇是写剧本的，怎么是学数学的呢？既然学数学，她怎么不教数学呢？

这是我幼稚。后来，我才逐渐知道，鲁迅、郭沫若在日本都是学医的；郁达夫是学经济的；张资平是学地质的……连我自己后来到日本去，不也是学铁道的吗？回国后不也没有在铁路上干过一天工作吗？

她接着说：“我第一次看到你的作业，感到有点异样。第二次看到你的作业，感到有点新思想的闪光，所以想找你来谈谈。明天晚饭后请你再来。”

这样我便告辞了。

第二天吃饭后，我又遵嘱到她的宿舍去。她说：

“我们到吴淞江边去散散步吧。”

中国公学的校址在吴淞，离吴淞炮台不远。一老一少，漫步在吴淞江边，往长江口走去。她平时总是穿西服，江风吹起她的衣裙，远处看去象只美丽的蝴蝶似的。她说：

“有些学生年纪大了，我不敢同他们出来散步；你年纪小，我可以带你出来散步。”她又说：“你喜欢看哪些书刊?”

我告诉她：“五四时期的作家们的作品多数我都看了。近来翻译过来的无产阶级文学作品，我都爱看。杂志，我爱看《拓荒者》、《萌芽》。”

她点头微笑，似乎有话想同我说，似乎又有点迟疑，终于说了：

“焕平！我介绍你参加艺术剧社好不好？一个革命戏剧团体。”

这时，我多少意识到她带我出来散步，是不是因为在集体宿舍，墙上有“耳朵”。我说：“我连普通话都不会说，您看我能参加演戏吗?”

“怎么不能呢?”她说，“戏剧是综合艺术，需要各种工作人员呀。”

我说：“黄老师认为我能够参加，我就听您的话参加，只是我怕工作做不好罢了。”

这样，我便参加了艺术剧社。不久，艺术剧社被封了，改名为大道剧社，原班人马转人大道剧社，我也是它的成员之一。在短期间，经过这两个剧社，我便认识了一人批左翼戏剧工作者，如刘保罗、赵铭彝、郑君里、司徒慧敏、胡萍等等。

这是我跨进左翼文艺界的第一步。引路人，就是我的老师黄素如——白薇同志。

1930 年 3 月 2 日，中国左翼作家联盟在上海成立了。白薇是发起人之一。当时，她在学校教书用“黄素如”的名字，在发起人名单上她用的是“黄素”。1981 年我在北京去看她，她也说她是发起人之一。

6 月间，天气已有点热了。有一天，我们去散步，她又低声对我说：

“几个月前，成立了中国左翼作家联盟，这是一个革命作家组织。焕平，你的思想进步很快，你喜欢写，也能写，我介绍你参加中国左翼作家联盟好不好？”

我在中学就酷爱文学，崇拜作家；拼命写作，梦想当作家；现在，黄老师提出的意思，正是我所梦寐以求的东西。但是我想，我还是一个大学生，是一个积极努力的习作者，我够条件吗？我够资格吗？我把这些疑虑告诉了黄老师，她却热情地鼓励我：

“培养新起作家是左联的一项极重要的任务，鲁迅先生一开始就提出了这个重要问题。你是一个很有希望、很有培养前途的青年，你可以参加左联。”

这样，有一天下午，她带我到北四川路底永安里隔壁的一条弄堂（名字忘记了）杨村人的家里，参加一个小组会。参加会的同志有郑伯奇、华汉（即阳翰笙）、夏衍（即沈端先）、杨村人、她和我，共 6 人。她先把我介绍给他们。会议假装打麻将。他们 4 人打牌，她和我坐在两个对角观战，实则是先谈了当时的形势，再讨论了左联的工作计划。会后她告诉我，这就是左联的小组会。啊，左联的小组会，竟是这样开的！而我，一个年轻的习作者，就是这样，由黄老师牵着手，走进了左翼文艺界！

中国公学的革命气氛十分浓厚。董事长蔡元培先生每月来学校做一次演讲，内容都是有关科学与民主、美学、美育等问题。李剑华在大礼堂授课。他是中国社会科学家联盟成员，讲唯物史观，听课的学生很踊跃。宿舍、教室、大礼堂、体育馆等的墙壁上，经常用墨汁刷出大标语：打倒刮（国）民党！拥护共产党！拥护苏维埃！保卫苏联！……学校用石灰水刷掉了，又重写。这一年的11月间，有一天半夜里，吴淞警察局派警察到学生宿舍抓走了一位革命学生。校长马君武先生，是同盟会会员，孙中山临时大总统的秘书长，中国第一位在德国获得工学博士学位的学者，他也酷爱文学，曾用旧体诗形式翻译过拜伦的《哀希腊》。在当时的旧中国，不能发挥其所学的专长，乃从事办教育，思想与蔡元培先生合拍。他住在学校附近。第二天早晨他来校上班，听说吴淞警察局无法五天，深夜乱抓人，简直是比杜甫在《石壕吏》里所描写的“有吏夜捉人，老翁逾墙走，老妇出门看”有过之而无不及了。他非常气愤。他和蔡元培一样，总是穿着灰布长袍。他拉起下摆，就立即跑到吴淞警察局去，大骂了警察局长一顿：“你三更半夜到学校里去抓人，连学校当局都不讲一声，还有半点法律观念没

有！简直无法无天！你立即把学生交给我带回去！”马君武是在国内外享有威望的革命前辈，吴淞警察局长不过是像泰山脚下的跳梁小丑，他不敢忤逆马君武的意志。马校长去得及时，学生还未被转移，就不得已交给他带回学校来了。

然而，这仅仅是事件的序幕。抓学生他们是有上级的命令的。当时的教育部长是中统头目、法西斯魔王、CC（两陈）之一的陈立夫。CC在当时的南京政府里，是炙手可热的实权人物。他们认为是需要逮捕的“反革命”学生，马君武却居然敢于到警察局去把他带回来，简直是斗胆包天，在太岁头上动土了！

中国公学里也会有特务学生。他们发动学潮，贴出大标语：马君武包庇“反革命”！驱逐马君武！打倒蔡元培！

百分之八十以上的学生和老师都拥护蔡元培和马君武。我们也刷出大标语：拥护蔡元培董事长！拥护开明的马君武校长！打倒法西斯！打倒特务！

拥护马君武的学生以两广同学会为骨干，因为马校长是广西桂林人。我们占领了学校，不准特务学生回来。有过两三次，特务学生会同一些雇佣的一批流氓打手，想冲进学校来，被我们围成的人墙挡住，棍棒石头齐飞舞，展开激烈的搏斗，双方都有些人被打得头破血流。

我们占领了学校，把学校维持得井然，师生照常上课。教授们，包括黄素如老师，最低限度都有学术的良心，何况其中还有些进步教师，他们都表明态度，拥护蔡元培和马君武，支持学生的正义行动。我们也争取到一些兄弟学校的支援。有一次，黄老师问我：“焕平！拥护马校长，你们两广同学会态度最坚决，很好，你们有把握粉碎那些坏蛋特务的阴谋吗？”我说：“我们团结全校师生尽最大努力去做。”

学潮持续了一个多月，发展成为影响两陈面子的大事件了。陈立夫看到由下而上，从学校内部赶走马君武有困难了，于是他采取由上而下的阴险恶毒办法：首先改组了校董会，解除了蔡元培的董事长的职务。谁来当董事长呢？在师生思想情绪那么尖锐的对立中间，如果派那些露骨的反动家伙来当董事长，显然对收拾残局不利，他们也很狡猾，派了于右任来当董事长。然后由新董事会任命新的校长。由谁来当校长呢？基于上面同样的道理，新董事会委派邵力子当校长。于右任和邵力子，是国民党元老，还不算国民党右翼人物，这是一般中间性的师生所可接受的人物。于是蔡元培和马君武终于被拉下台了，坚持一个多月的学潮也结束了。

经过一次这么大的学潮，学校内部起了一些变化。首先较为引人注目的是，特务学生在学校的气焰比以前嚣张了。这一年的寒假，有些革命教师和革命学生也离开学校了。

黄素如老师是一位极有骨气的女性，也是极为坚强、宁死不屈的巾帼英雄式人物。她出身于封建大家庭，为了抗婚，她“打出幽灵塔”，逃出家庭，只身跑到上海，后来又到了东京。

上学交不了学费，就去当女佣人，挣点钱上学。她跟一些前辈一样，在日本学的是科学，却同样体会到文艺的救国救民的社会功用，所以她在东京就同时学文学，练写作。回到上海，尽管碰到第一次大革命失败的低潮时期，她仍毅然决然，投身到左翼文艺运动中来，成为中国左翼作家联盟发起人之一。她到中国公学教书，一是为了撒播革命的种子；二是为了找个工作岗位作掩护；三也是为了解决生活问题。

然而，当工作环境出现逆转的时候，她决不留恋那个职位。当她看到中国公学新的董事长和校长到校后所产生的某些变化，特别是看到特务气焰有所高涨的时候，这一年的寒假，她便决然辞掉了中国公学的教职。我也在这个寒假，领了一个学年的成绩单，离开中国公学，转学到暨南大学了。

我接受黄素如老师的教育，就是这么一年。然而这一年，在我的人生中是转折的一年。明确说，她是我的革命人生的引路人。所以她在我的心胸中永远占着崇高的地位。

我现在每次到北京都去看她。她已是常年卧病床笫，生活不能自理的老人了。每次去看她，她都说是88岁。据照顾她的那位亲属说，她已经93岁了，是1892年出生的。但她是一个强者，生的意志非常顽强，在祖国社会主义欣欣向荣中，她还感到年轻，她要活下去，活下去……

1985年7月26日于桂林独秀峰下

苍劲乐观人长寿

◎ 赵清阁

30年代初，我在上海美专学画。美专是国内首创的一座私立高等美术学校，为美术大师刘海粟先生创办，也由他自任校长。1933至1934年间他在法国，记得我毕业时听说他将回国，但举行毕业典礼那天，未见他参加，是代校长汪济远先生主持了盛会。大约1935年他才回国，因此我们失之交臂没有会晤过，直到抗战胜利后，我重莅申江，方得识荆。尽管他不曾教过我，而且我又已改弦易辙，但我画水墨山水常师法他的笔迹，所以我还是应当尊他为师，他也常于赠画题款中称我为“女弟子”。

40年代，海翁师已年届半百，而风度翩翩，毫无老态。每相值于霞飞路（今淮海中路）“文艺复兴”咖啡店，他必偕我起舞，兴趣之浓不亚于年轻人。他对生活充满乐观情绪，对事业有一种执着追求的精神，这可以从他的绘画、书法中看出来；他那豁达豪放的意境、粗犷磅礴的气势，是与众不同的。他曾为我作扇面，“清阁读书图”，疏林茅屋，一抹远山；水墨淋漓，诗意盎然；虽是小幅画面，也觉气势轩昂。

建国后，我忙于写作，和海翁很少见面。1964 年，我到华东医院探望女画家陆小曼的病，适海翁也因病住院，且与小曼的病房比邻；于是也去看了他，才得知他两度患脑血栓，都已化险为夷，真为他庆幸。听说出院不久，他就恢复了作画，反映了他的毅力，也说明他的乐观主义精神促进了健康。我读过一本 70 年代新加坡出版的《海粟老人近作》，其中有几幅病后之作，简直看不出是出自老、病者的手笔。如“秋山红树图”，笔力依然矫健挺拔，洋溢着一派潇洒的意忌 (1966 年)。又一幅“石田山水”，乃摩拟明人沈周笔意，工细清逸，色泽明朗 (1967 年)。如果不是他自题“病后”作，我无法相信。当然，这亦与他的岁逾半世纪的艺术素养，和雄厚功力分不开。正像画册上诗人潘受的序言所谓：“……海粟先生以画名天下者垂 60 年，其足迹与交流遍天下。早岁薪乡向西方，则高庚梵谷，中国写八大石涛，无论油画、水墨，笔锋一以强烈感情驱使之。”画册上的画都是他赠送友人的，由友人汇集而印制问世。他康复之后，一直孜孜不倦于书、画。大约 1979——1981 年间，他在三中全会的鼓舞下，先后于北京上海举办了个人画展。我看过上海的画展，我徜徉在那些雄伟葱郁的山水、色彩艳丽的松梅画图中，感到他的笔力苍劲，锋芒夺目，哪里像一位耆耋老人的作品？难怪他不服老，常在画上题曰：“年方八十”，他的生命力之强，的确还正当蒸蒸旺盛哩！相对之下，十分汗颜；我只患过一次脑血栓，瘫痪了4年，至今仍有后遗症；除了“爬格子”耕作写写文章外，绘画就下笔手颤。而海粟老人的书法，行、草挥洒自如，也极富豪迈气概，这些都是长寿之像。我为他高兴，也为他祝贺。

四届全国文代会时，我和海翁都参加了，并同客一家招待所。一天晚上我去看望了他，这是我们“文革”后第一次见面。还遇到了昔日“美专”教务长谢海燕先生（现任江苏省美术学院院长），睽违45年，他居然对我这个老学生还有记忆，颇为不易。谈起往事，海翁向我表示歉意，说过去美专没有很好地关心穷苦学生。他的话可能是由于看了我写的回忆文章，知道了我在美专时是一个半工半读的穷学生，有感而发。这一句话流露了一种师生的情谊。这天他签送了一本他的近作《刘海粟黄山纪游》素描画册给我，他告诉我：不久前他在京举办的个人画展上，有一幅被美国外宾买去，他将画款数千美元捐献了国家。另一幅“太湖长卷”外宾也想买，愿出高价；他不肯卖，问他何故，他说要留给祖国，这反映了他的爱国主义思想。此后1981年他在香港举办了一次画展，又将售画所得30万人民币捐赠了江苏美术学院（见《人民日报》），这表现了他晚年依然对美术事业的热爱，得到党和政府的赞誉。

如今海翁已届九旬高龄，还是那么苍劲不老，精神焕发；绘事之处，又参加国内外的一些活动。去年4月我在上海市政协、的会上邂逅海翁，只见他腰板挺朗，一点龙钟之态没有；红光满面，讲起话来声音宏亮。他热情地邀我去看他，要和我谈谈，还要和我跳舞。我赧然笑道："跳不动了，我现在成了三条腿，走路还要用手杖支持呢!"他拉住我的手端详着，激动地说："不，你还不老！把手杖扔掉，多锻炼，身体一定会健康起来，要有信心。"他的鼓励使我感动，是的，我比他年轻20岁，可是我的身体却比他差得远，真是相形见绌！此后一别半载，他在夫人夏伊乔的陪同下又旅游了贵州等地，直至入冬才返沪。有感于他常惦记着我，时近岁梢，便在一天下午，专程趋访，还带了一本刚出版的拙作《红楼梦话剧集》准备送给他，并向他祝贺新年。

海翁住在衡山公寓七楼的一套房间里。据说这是政府照顾他的客寓，因为他的复兴路住宅条件不如这里；这里有暖气设备，可以御寒，免得老人冬天受凉。我到时海翁还在午憩，刘师母陪我闲话。她如今已进古稀了，原亦作画，为了照顾海翁，就无法兼顾自己的绘事。谈话间，来了一位蒋姓8旬老者，拿了两幅古画要请海翁鉴定。刘师母告诉我，每天都有不少访客，海翁一一接待，相当疲劳，这真是无可奈何的事。过了一会，海翁健步走出卧室，我将《红剧》捧赠，他频频点头，笑容可掬地朗声说："好，好！我们就要用作品——书、画，回答‘四人帮’的轻蔑，也酬报三中全会后党对我们的爱护和关注。”接着他激动地谈起了周总理生前给了他不少鼓励，还谈起去年邓大姐会见他的情景。他说：“他们都是人民的好领导，知识分子的知心人啊!”他的话使我感动。他又告诉我最近法国邀请他去访问，上海法国领事馆已派人来观察了他的健康情况，认为可以胜任此行。时间是 3 月初，这是他暌离了 50 年的一次旧地重游，感到特别高兴。他能在晚岁的 90 高龄，作此万里迢迢的旅行，可谓壮哉! 我也为他欣幸。他说过去他在法国作了不少画，这次到法国各地看看，一定变化不小，还想随时写生作些画，以便不虚此行了。他的豪兴可佩，但我劝他必须掌握劳逸，因为毕竟是垂暮之年了。这时那位蒋姓老者向他说明来意，把两幅古画放到茶几上。我坐在他的身边，帮助他展开一幅“大禹治水图”的长卷，山水人物俱精，气势壮观，古风蔚然。可惜画上没有题字，仅有一署名，末署年月朝代，而这连我也看出是后人补写的。

海翁一面观画，一面喝牛奶，一面赞不绝口。我一面为他舒卷，一面听他评论。他有时只顾品赏画而忘了喝牛奶，他看了不到一半，就断然说：“这肯定是明代画家的作品，好画!”但对于补署的名款，他不以为然，画家是谁，这须研究。我惊讶他的眼力，问他何以见得是明人之作？他告诉我，从画的笔法绢质，画的颜料色泽即可鉴定出结论。虽只寥寥数语，却有无穷学问，我不禁肃然起敬! 常闻他乃国内著名书画鉴定家，这天目睹其评赏之功，受益非浅。这门学问得来不易，既要饱读古今书画，又要有丰富的书画创作经验和科学研究。真想请他给我上一课，无奈访客络绎而至，只好等他鉴定了长卷，又鉴定了元代赵孟頫的书法时，便告辞离去。

许是屋里太暖，也许是太兴奋的缘故，我出了一身的汗。走到街上凉风拂面，感觉分外舒畅。衡山路清洁幽静，夹道的梧桐成行，颇有点法国情调，我不禁遐想，再有两个月，海翁就要在艺术名城巴黎出现了。祝愿他一路平安，并祝愿他满载艺术新作胜利凯旋!

我所知道的郁达夫

张白山

我虽然很早很早读过郁达夫先生的小说、散文和其他译著，但我认识郁先生（以下简称先生）却是1934年秋天的事。那时郁先生从上海移居杭州已一年。关于郁先生移居杭州这事，我想在这里多说几句话：一个作家搬家原属寻常，不料竟掀起了一场风波。当然，这不仅是因为郁先生在文艺界地位高、名气大的，缘故，更为重要的是因为郁先生从敌对斗争剧烈的前沿阵地撤下来，携眷回到阔别多年的西子湖畔定居了。这在当时的文艺界确实是一条重要新闻；是一条为亲者痛仇者快的重要新闻。上海反动小报大为叫好，进步小报则加以责难。我们年纪大些的同志大抵都还记得，那个时期国民党反动派像发狂的疯狗红了眼睛，一边在江西苏区进行军事大“围剿”；一边在上海进行文化大“围剿”，大捕大杀。郁先生当时

是“左联”和“中国民权保障大同盟”两个革命组织的发起人之一，并且主编左联刊物《大众文艺》。他与鲁迅先生都在地下党的领导之下进行战斗。他不怕白色恐怖，不怕杀头，这个时期的郁先生是进步的，革命的，受人爱戴的。然而后来终于慑服于敌人的压力，回到杭州。鲁迅先生为此事曾写过一首《阻郁达夫移家杭州》七律旧诗。诗是这样：“钱王登遐仍如在，伍相随波不可寻。平楚日和憎健翮，小山香满蔽高岑。坟坛冷落将军岳，梅鹤凄凉处士林。何似举家游旷远，风波浩荡足行吟。”郁先生后来曾说：“后来，我搬到杭州去住的时候，(鲁迅）也曾写过一首诗送我。头一句就是‘钱王登遐仍如在’，这诗的意思，他也曾向我说过，指的是杭州党政诸人的无理的高压”（1938 年所作《回忆鲁迅》)。郁先生没有接受鲁迅先生的劝阻，竟“避嫌逃故里，装病过新秋”（《无题》)。我是为郁先生这一退却所惋惜的。因为后几年郁先生的遭遇和不幸完全证实了鲁迅先生观察问题的尖锐性和深刻性。当鲁迅先生在上海冲锋陷阵之时，郁先生却无可奈何地说：“烽火满天殍满地，儒生何处可逃秦？”（《移家琐记》）“冷雨埋春四月初，归来饱食故乡鱼。范睢书术成奇事，王霸妻儿爱索居。伤乱久嫌文字狱，偷安新学武陵渔。商量柴米分排定，缓向湖塍试鹿车。”（《迁杭有感》）我在这里并不是责怪郁先生，我们从郁先生的身上可以看到那个时代部分知识分子是比较脆弱的，经不起严峻的革命考验，火的洗礼，而消沉下来，有的甚

至成了逃兵。这也是特定的历史时代的产物，郁先生不过是其中的一个知识分子而已。但他只是消极，还不是逃兵。

然而杭州是个繁华胜地，是个官僚地主、阔人买办寻欢作乐的地方。一个穷文人要想吃故乡鱼，也不容易。郁先生凭着他的文坛地位和名气，在杭州当然受到一些官僚和遗老遗少以及无聊文人的欢迎，生活颇不“寂寞”。他为了生计不得不勤于写作。今天我们读到《迟桂花》以及大量的游记，都是那个时期写的。这里值得一提的是他写的游记之美，可以直追魏晋南北朝。他继承了郦道元、吴均、陶宏景以至明代张岱、徐霞客诸人的优良传统。今天我还没有读过像郁先生写的那样层次分明，脉络清楚，笔致流丽，潇然可诵的游记。他虽然这样勤奋写作，还是不能维持生活，于是就到我念书的一所大学教书了。

那是 1934 年的秋天，我因某种原因从北平南归上海、转至杭州念书了。我一边埋头浙江省图书馆，一边还参加抗日救国的活动。秋天开学了，郁先生来校授课。他只担任文艺批评一课。我和别的爱好文艺青年一样便去听他的课。未去之前，我想郁先生一定是一位满头长发、风流潇洒、放荡不羁的颓废文人，还可能是喝得醉醺醺的，趑趑趄趄地走上讲台上的醉汉。谁知我所想的完全错了。郁先生却是一位跟布店店员一样朴素平实：平头、驼背、青衫、布鞋。这模样儿与显示在作品中的形象相差太远了。老实说，当时我很失望。我想，一个大

作家应该是不平凡的，与一般人总该有差别。可不是吗？王尔德、波特莱尔的外表和服装就与凡人不同。然而，他却那么平凡。说话缓慢，声音低哑，还赶不上布店店员讲话那么响亮流利。这足见我那时多么幼稚，不知道作家本来是从群众中来的，也是和普通群众一样，头上不会长角的。后来我在上海北四川路的内山书店里见到鲁迅先生，他也很平凡，活象北平小胡同里挑剃头担的老头儿，我才知道大作家就跟老百姓一样呢！然而郁先生那副清秀的带着书卷气的面庞和一双机灵明亮的眼睛却使人喜欢。我又想，这大约是作家与布店店员又有所差异的吧。

郁先生除擅长写小说、散文外，又通晓日、英、德、法4种语言，这是从他所写的作品里早就知道了的。这回站在讲台上，我看他手里拿一本黑色硬皮面的活页笔记本，每一页上都密密麻麻地用各种文字写的教材和参考资料。他把这些东西抄在黑板上，便开讲了。边讲边解释。他讲的多是19世纪西欧文艺思潮和文艺批评。什么莱辛、伏尔泰、狄德罗、泰纳、勃兰兑斯。这在当时就惊动了不少学生，因为郁先生是国文系请来的，而当时的国文系，如钟泰、夏承焘、余绍宋等先生讲的全是中国古文学乃至经学、训诂学。而郁先生却讲西欧文学，这使我们听腻了《文心雕龙》、《文赋》的人尤其感到新鲜。后来英语系同学闻讯也赶来旁听了。大家听了大开眼界。郁先生是博学多才，那时不过30多岁，他不仅对西欧文学那么熟悉，而且对我国古代文学也很熟悉。有时他也打通来讲，如讲弥匀顿的诗歌就联系到陶潜的《闲情赋》。这大约就是今天人们爱谈的什么比较文学吧。但那时没有这词儿。值得一提的是，郁先生会做一手好旧诗，可是在讲台上从不谈自己的旧诗，从不卖弄自己的才学。这里还不得不提一下：不少同志都以为郁先生是整天沉湎于醇酒妇人的堕落文人，是一个风流才子。这大抵由于读了他的作品所构成的一种形象，这形象使我们以及众多读者上了大当。试问一个人如果整天忙于喝酒玩女人，哪有那么多功夫来写文章？郁先生还没有活到 50 岁，却给我们留下厚厚 14 卷全集，足见郁先生是多么刻苦用功，勤于写作的学人兼作家。即如他退居杭州时写的关于东梓关、翁家山的优美散文，我就知道他不仅跑遍这些地方，而且阅读了有关府志、县志以及前人的作品。杭州、桐庐、富春江一带的山水早已被吴均以来的文人写尽写绝了，然而郁先生却独辟蹊径，写出一种新颖风格的散文来。当然郁先生先后写的作品多少也反映了作者一定时期的思想感情和历史风貌。正如郭沫若同志在《论郁达夫》中所说："他的清新的笔调，在中国的枯槁的社会里面好像吹来了一股春风，立刻吹醒了当时无数青年的心。他那大胆的自我暴露对于深藏在千年万年的背甲里面的士大夫的虚伪完全是一种暴风雨式的闪击，把一些假道学才子们震惊得至于发狂怒了。"郁先生的影响确实很大的。这里使我想起 1930 年秋天，在沙滩的北大红楼门口的教务处布告栏

上贴了一张布告，大意是说本学期邀请郁达夫先生来校授课，希望听课的同志来登记云云。布告张贴出去后，要求听课的学生蜂拥而至，甚至外校的学生也来要求旁听。由此足见郁先生的影响之大了，可惜不知为什么他没有北来，使许多青年同学大失所望。

很遗憾，郁先生只讲授一个学期便应中国旅行社和浙江铁路局之邀，去游名山大川写游记去了。从浙江、安徽一直至福建，后来干脆就留在福建做官了。我还记得郁先生在大礼堂做了一次学术报告，题目是《宗教与文艺》。因为这所大学是教会办的，所以他谈宗教与文艺的关系，材料也是从西欧来的。他准备得很充分，讲的十分透彻。从宗教与音乐、绘画、雕刻一直谈到文学；他对《圣经》的文学价值评价很高。有的同学可能是听不懂或是不感兴趣，中途退出，大多数同学一直听他讲完。这份讲稿，一直未见他发表过，想后来杭州沦陷日军手中，此稿随着他在“风雨茅庐”寓所的全部藏书付之一炬了。

提到郁先生的寓所，它是座落在杭州城里靠大学路的官场弄里。我只去过一次，印象已模糊。因为房屋与杭州一般市民所居没多大差别。我至今记得的只是挂在客堂上郁先生自书龚自珍诗句：“避席畏闻文字狱，著书都为稻梁谋”一副对联。先生藏书很多，多种文字的外国书外，他还搜集明清两代诗文集且特别多。他曾对我讲过，他打算写历史小说，并说明末清初就有许多可歌可泣的人和事值得写。我想他是有所为而作的。他还具有一颗炽热的爱国心，可惜后来时局一变，弄得家破人亡。这任务没有完成，应该说是我国文坛的大损失。

郁先生大约是1936年初到福建。雪峰同志在回忆郁先生的文章里说他去当省政府参议，他还不知道郁先生还担任了省政府公报室主任。前者是虚衔，后者却是实职，天天到省政府去办公。那年夏天我去福州有事找过郁先生。他一个人住在南台闽江畔的基督教青年会的宿舍里。记得下午6时许他从城里办公下班回来，我们在他住的房门口的楼梯上碰见了，他对我的来访十分惊讶："啊！你怎么来了？"边问边走到门口，开了门让我进去。我朝四下一望，这是一间窄小的卧室：一单床、两椅、一桌。桌上堆满了宣纸和笔砚，看来求他写字的人不少。这时的郁达夫身上打扮与杭州迥然不同。他头戴白帆布做的硬壳圆顶的"巴拿马"帽，也就是当时在华侨中极为流行的一种帽子。身穿藕色湖绸长衫，手提黑皮包。他进了屋子取下帽子，脱下长衫往床上一坐，叫我坐在对面的一把椅子上。福州的夏天特别炎热，这小屋子因为有两扇窗子，凉风习习，颇觉凉快。我从东窗望出去，窗下舳泸相连，桅墙如林；远处则群峰无语立斜阳，闽江静静地从窗下流过，经鼓山脚而出海，白帆点点在天际。这画面实在很美。这大约是郁先生喜欢住在这里的缘故吧。我匆匆欣赏一下，就攀谈起来。这回谈话的内容很丰富。今天能够记得起来的，一是郁先生极为关心上海文艺界的情况，我知道的便告诉他，不知道的则交白卷。他

还关心北新书局的营业，他出书的版税问题，我当时只认识生活书店和读书生活出版社的人，对北新书局一无所知，因而也说不上来。我们是师生关系，关于郁先生为什么把家眷放在杭州，只身人闽，我是不好问的。后来的话题转到读书上来了。他知道我懂英文，他首先劝我再学德文，他的理由是：德文语法严密，逻辑性强，用语准确。他说，世界上不少名著以译成德文的最扎实，最能保持原作者的风格和特点；日文不必去学，世界上译得最糟的是日文本。他举《浮士德》为例，国内从事翻译文学名著者，他十分推崇鲁迅，理由也是鲁迅懂德文。然后谈到能读原文不至上当，如西欧许多诗歌写得很美，各有韵味，各有风格，一经翻译为中文，完全变了样儿，显示不出各家的特点，并且说诗歌不能翻译。郁先生还说，他就不翻译诗歌。他喜欢德国的斯托姆、英国的道生，他只译他们的小说。他还谈到自己的创作，他低头吸了几口烟后说：“我写的东西能够流传下去的恐怕只有《薄奠》、《春风沉醉的晚上》二、三篇。”我说：“《沉沦》的影响可大，那是向黑暗的封建大院子投进了一颗炸弹，它是一篇好作品。”他摇摇头说：“那是在日本当学生时写的，比较幼稚。”郁先生就是这么谦虚。那时他说在研究闽中音韵，如中原四声在闽中以阴平、阳平来划分，可以有八、九个音韵。于是他又谈到中国旧诗。我很奇怪，我从来没有听到他评论中国白话诗，大约他也有自己的看法，不随便发表意见。

这里要插进一句：《郁达夫诗词抄》中收所谓《毁家诗记》第一首就是那年春天写的。他把这首绝句写了一个条幅送给我。从《诗词抄》中看到的诗是这样："离家三日是元宵，灯火高楼夜寂寥。转眼榕城春渐暮，杜鹃声里过花朝。"据编者说：原第三句和第四句为："转眼榕城春渐老，子规声里又花朝。"但我记得当时写给我的原句却是："离家三日已元宵，灯火楼台夜寂寥。过眼榕城春欲暮，杜鹃声里是花朝。"28 个字中有 4 个字与《诗词抄》本不同。可能是郁先生后来修改的。很可惜，这一条幅在抗战峰火中连同藏书一起丢失。

这次谈话特别多，他拼命吸烟，一支接一支，我们在小屋中坐到天黑，我才告辞了。过了六、七天我要回上海转去杭州，行色匆匆，来不及再去看郁先生，就搭上轮船走了。

过了一年，我又到福州，同样是夏天。我到福建省政府去见郁先生。那是一所好几进的破旧大衙门。门禁森严，我填写了会客单后被领到一间大而无当的所谓会客室。室中放置一条长桌，几张破椅子，连茶水也不备。坐等了一会儿，郁先生从后一进大屋走进会客室。这回见面显得拘束，这大抵是衙门气氛不同，我们都正襟危坐。郁先生最关心的还是北新书局的版税不能按时给他有意见。次则谈了抗日战争和上海文化界救亡工作的情况，那时上海"八·一三"战争还未爆发，我约略谈了我所知道的一些情况。天热，我赶忙把他要的谢翱的《晞发集》4 卷给他。这是我家藏叶氏刻本。他在闽中喜爱买旧书，凡是诗文集无不收购。闽中在宋以来是中国三大印书中心之一，但刻板不讲究，纸张也差。所谓建阳麻纱版，错字也多。而且因地湿，书易发霉。然而郁先生不重视版本，凡是有用的他都收购。我在会客室坐了一会儿便告辞了。

那年，即 1937 年冬天。上海、南京相继沦陷。去武汉的长江水路被切断。有人入武汉多从上海赴香港转入内地，我则迂道福州转江西入武汉。我路过福州时便去看郁先生。记得那是阴雨绵绵的傍晚，我撑一把油雨伞到他住的光禄坊寓所。这座房子是清朝大官的官邸，木构建设，极其宏美，一说是刘家旧宅，一说是黄辛田十砚斋旧址。郁先生住的只不过那所大宅邸东边一栋五开间花厅。我进门向左手拐了几个弯儿到了花厅。一脚跨进门槛，抬头一看吓了一跳，原来正中朝门一间竟设了一座灵堂：白布幔，白布幢，桌上设个灵位。一对锡制烛台上插一对白蜡烛，烛光荧荧。当中一个宣德炉插了几炷香，香烟袅袅而上。我怕走错了门，正在迟疑之际，郁先生从东边卧室走出来，领我到西边一间会客兼吃饭用的小室，坐下之后，他大约看到我神色不定，便开口说："我母亲在富阳老家给日军杀害了……"我那时年轻不懂事，没想到该在灵堂前鞠个躬。这是礼节，然而我不懂。到掌灯时分，他知道我已吃过晚饭，便叫我坐在饭桌边。阿姨端上饭菜，一壶酒，他一边喝酒一边跟我谈话。福州的冬天不冷，但阴雨天气，加上屋子阴暗，灵堂烛光熠熠，给人阴森可怕的感觉。郁先生有点牢骚，

对文学界某些人有不满之辞。我未敢置一辞。我朝四下一看，怎么没见到郁夫人及孩子呢？当时又不敢问，后来才知道王映霞来闽住了一段时间又回浙江与某官僚同居去了。然而当时我已察觉到郁先生的孤独和悲哀。眉宇之间浮现着一股怨气，精神上的负荷很重，他喝的正是伤人的闷酒啊！

郁先生使我一直怀念的还有他的待人接物、平易近人。我们是师生关系，但他向来不见外，从不以老师自居。常常把我当作朋友一般看待，家庭纠纷不谈外，什么都谈。这回在饭桌上谈的多。他有一肚皮怨气，对时局十分悲观，对人也多取怀疑态度。声音依然那么低哑而平和。饭后纸烟一支接一支地抽，停了一停，问我："你怎么办？到哪儿去？"我说："去武汉后再说。"郁先生想了想，说道"福建这地方不好呆。杨骚搞了一辈子文学，写了一辈子诗，到处找饭吃都找不到。现在我介绍他当报纸副刊编辑，每月只40多块钱。你去武汉，我给你写个字给老郭。"他说时巴嗒一下眼睛，望我一眼，笑了一笑说："你在北平念书，怎么跑到杭州来，是搞学生运动吧？"他很聪明，他带着充分信任的神情说着，便从口袋里取出一张名片来。在名片背后给郭沫若同志写了几十个字，写完交给我。这时有两位客人进来了。一位是名教育家姜琦，是郁先生在东京帝大同学，满口浙江话；另一位就是诗人杨骚。这人长个大脑袋，宽阔前额，瘦长而清秀的脸儿，戴一副黑框近视眼镜，说一口闽南腔的普通话。我过去在鲁迅先生编的《奔

流》杂志上读过他的诗。他们年龄都比我大一半，算是前辈。经郁先生介绍握握手。我看坐下去不大方便，自已又急于准备行装去武汉，便起身告辞了。这里有必要补充一笔：郁先生东边卧室的陈设是我向来不曾见过的。从东墙墙根起，郁先生用“白锡包”空烟罐头四五百个如叠积木一般从地下一直码到天花板。看来十分别致，实则也是一种苦闷的象征啊！

我是 1938 年初到达武汉，借住海燕出版社。曾渡江到武昌县华林去见郭沫若同志。他一看是郁达夫先生介绍的，便通过一位全副戎装，身上斜背红绸值日带的军官把我领进一间小楼的小客厅里，郭沫若同志已站在那里等我了。他耳聋，那时没助听器，彼此坐得很近才能谈话，谈话的内容与本文无关，这里就从略了。大约过了一个月，二、三月间郁先生携眷从福州来武汉，经郭沫若同志推荐担任政治部设计委员。我去武昌看他。他的住处好像租用一富有人家厢房和正厅。正厅的摆设很讲究，多是红木家具。在哪一条街已忘记。总之，这回见面，郁先生情绪很好，他说很忙，马上又要到前方劳军云云。又问我的情况，我说搞抗日救亡工作，他沉默不语，因为他知道我工作的岗位是地下党领导的，领导我工作的是当时公开的共产党人。这是郁先生沉默不语的原因。他叫儿子郁飞上街买纸烟招待我，那时我还没学会抽烟。于是他改了主意给我泡了一盅茶。王映霞那时正在后边厨房忙着，我未见过。我坐一会儿便回汉口。没有多久，在武汉报纸的广告栏上见到郁先生寻找王映霞的启事。启事的内容大意是说他夫人王映霞卷走衣服细软潜逃，希望她早日回家云云。这事在当时文艺界如从上海移家一样又成了一条重要新闻。据在第三厅郭厅长身边工作的同志后来告诉我，郭厅长用日语责备郁先生不该这样做，然而广告已登出，自然引起人们的非议。后来经过别人的努力，王映霞回家了。不久武汉告急，人们纷纷逃难。郁先生并未随着第三厅人员撤至长沙、桂林，而是携眷到湖南汉寿易君左那里，呆一个时期后又转经福建，以后消息中断。只听说郁先生又是只身下南洋去了。1941 年皖南事变后，曾与胡愈之、王任叔在新加坡工作的陈楚云同志写信并汇来路费要我去新加坡，并说郁先生也希望我去工作，说那里人手不够。我经过再三考虑，决定去南洋，从重庆动身经贵州到达桂林。先去见邵荃麟同志，他那时与葛琴住在桂林东郊丽君路。他们夫妇很热情，帮助安排从广州湾出口，路线都已定好。不料太平洋战争爆发，香港被日军占领，我去新加坡也走不成了。信息自然也中断了。郁先生在南洋的思想、生活，我就不知道了。郁先生，他具有多方面的才能，擅长写小说、散文之外，他还是一位很出色的外交人才，具有较高的组织能力，会处理各种复杂的人事关系。就我所知，他与人往来办事，很少与人争吵，他总是不忙不慌，慢慢地说。这是郭沫若同志说过的，事实上正是这样，一点儿也不假。据后来从南洋回来的王任叔、陈楚云同志说，郁先生工作很有成绩。关于这方面的情况已有胡愈之

同志等写过回忆文章，我就不说了。

本来我是不想写这一类文章的，我认为一个人活着，只浸沉在回忆里，活着还有什么意义？但我在《新文学史料》杂志一连读了几篇回忆郁达夫先生的文章，我觉得都写得很好。令人遗憾的就是从 1934 至 1938 这 4 年郁先生的思想和工作却没有人来写。我等了整整 3 年还是没有人写。后来我只看到香港曹聚仁写过郁先生到徐州台儿庄劳军一节，而且语焉不详。所以我想，为了填补这个空白，同时郁先生生前友好如汪金丁同志一再怂恿我动笔来写，于是我趁着住在医院治病的机会断断续续写完这篇文章。我写这篇文章还有一层更为重要的意思是：郁先生由于自己在创作里喜欢用第一人称，又常用艺术夸张的描写手法，这给许多读者造成一种不好的印象：把郁先生看做一个整天喝酒、玩女人、逛窑子的洋场才子，这是很冤枉的。上边提过，郁先生一生是非常刻苦、努力写作，而又是一位才华横溢的作家。是一位可敬的、和善的、渊博的学者。这里还得补充一下：郁先生还是一位出色的文体家。他的文学造诣极深、根底厚实，又善于吸收中外各名家之长，从而构成自己的独特文风。他的文笔之流丽灵秀正如富春江的山水一样，在五四以来的作家中是独树一帜的，是别人模仿不来的。过去周作人说郁先生的文风有点像日本的永井荷风，这是贬低郁先生的成就，是不恰切的。

郁先生在抗日战争时期，远离祖国，到南洋做了大量抗日救亡工作，写了大量的富有战斗性的文章。因此，于1945年9月12日被日军宪兵秘密杀害于Pajdkamluh。到今天已38年。我作为他的学生，可能对他的弱点原谅多些。然而，我始终认为郁先生是中国现代文学史上遭遇最为悲惨的一位作家。最近有一位在新加坡南洋大学工作的人住在医院里。他告诉我说，仅在新加坡一地专门研究郁达夫及其作品的队伍就多至五六十人，评传也出了好几种。日本、美国也有不少人在研究郁达夫及其作品。我在东京出版的一种叫做《海》的杂志上读到《郁达夫评传》连载文章。那么回头看看我们国内从事这方面研究工作的人则寥寥无几。特别是关于郁先生童年、少年时代的调查研究工作，应该说都要超过外国人才好。

我始终怀着虔诚的心情来怀念这位敢于插入人类灵魂深处，敢于干预社会生活的优秀的作家、学者和战士。郁先生被害已38年，我至今还没有看到纪念文章，我的心像铅块一样沉下去，沉下去。

1982年12月12日于西苑医院

看完《四库全书》的史学大师

◎ 顾学颉

陈援庵（1880—1971）先生是一位蜚声国际、著名的史学家、教育家。一生勤奋治学，著作等身，学术上贡献很大；同时，又是一位从幼至老，热情奔放的爱国主义者。他堪为士林典范、知识界楷模的事迹，和百十种著名的著作、文章，在他的学生刘乃和女士撰写的《陈垣同志勤奋的一生》（载 1983 年《中国当代社会科学家》第四辑）一文中，已详细地作过介绍，这里就不重复了。本文只想就我从陈先生学习史学时听到他亲自讲述的话，记忆所及，一鳞半爪，缀辑成文，聊供研究陈先生时的参考。半个多世纪过去了，我已衰老龙钟，记忆力减退，记的很不完全；但确实是他讲过的（也可能有些地方走样），可以当作第一手材料看待。

陈先生是广东新会人，清末，毕业于光华医学院。曾作过

许多反清的宣传活动，积极参加辛亥革命运动。民国初年，他被广州推选为众议院议员，来到北京。1921年，曾短期任教育部次长（副部长），不久，辞职，专任北京大学、北京师范大学教授，兼师大历史系主任。1926年，开始任辅仁大学校长，1952年全国大学院系调整，辅仁大学与北师大合并为北京师范大学，任校长，直到1971年去世。他还先后担任过京师、北平图书馆（即北京图书馆前身）、故宫博物馆理事兼图书馆长及科学院历史研究所长等，这些职务，对于他的治学，有很大的影响。

(曾任全国政协委员、全国人大常委、代表。)

大约是1935年前后，陈先生时任辅仁大学校长，又回到北师大兼任史学系教授，先后开了两门课，一是史籍要目解题，一是史籍校勘学（具体科目名称已记不很清楚，但内容是不会错的）。我当时在国文系念书，曾在高步瀛先生的指导下，学习作《史记》的会注工作，对史学也很感兴趣，因此，也选习了陈先生的课。

陈先生中等身材，从外表一看，就知道是一位温文尔雅、博学多才的学者。他讲的是一口广东人说的普通话，从容不迫，很容易懂。一面讲，一面随时在黑板写出要点或书名人名，板书很考究，规规矩矩，略有些向左倾斜。坐着讲，与一般的老师不同。（那时，钱玄同先生带病给我们教课，我们请他坐着讲，他说站着讲方便些。可见各人都有各自的习惯。）

史籍要目解题课，从《史记》讲到《明史》及《资治通鉴》等书。对它们的作者，撰述经过，史料来源，贡献大小，以及后人的评价等等，都一一讲述。有时，还拿甲书和乙书对比，讲明其优劣所在。一面讲本题，偶尔附带讲点有关的轶闻轶事，听起来很感兴趣，不觉枯燥沉闷。他讲到：读书要看环境、条件，书多的地方应该博览，书少的地方应该精读，根据条件而定。他以自身的经历为例，他曾任北京几处大图书馆(包括故宫图书馆）馆长，那里都是藏书的渊薮，世人未见或不易见之书，他都有机会看到。他说：有人说我是读完《四库全书》的人。其实，“读完”殊未必，“翻完”则确实。本文的标题，就是根据陈先生谦虚的精神，而酌量改用了“看”字，大约是符合实际情况的。因为故宫里藏有较完整的《四库全书》，他是故宫博物院的理事和图书馆长，有机会、有权利看那里所有藏书。这对于他的学问、造诣，有着密切的关系。但《四库全书》的书，有些只须浏览、一“翻”而过；有的则须精“读”、研究，不必用平均主义的态度去对待，以免浪费时间。我改用“看”字，就是想试图包括这两方面的情况。他谈到穷乡僻壤藏书不多的环境，则可挑几部名著精读，也可以做学问。在这里，他又谈到与之有联系的著书时遇到的资料问题。有的书，资料多（例如《晋书》，但修书人未能掌握。《资治通鉴》，则分寸掌握得较好），就应对丰富的资料进行审核，去伪存真，严加删汰。有些书，资料少（如《三国志》），

对仅有的资料，当然也应该审核，对于可信的资料，则可用“一鸡三作”法，从不同的角度去运用同一资料，《三国志》就用过这种作法。

又谈到：一部书质量好坏，著者学力高下，用不着看完全书就可知其大概，只要看三行，就可判定这个著者是否内行。当时还举出某书作例证，惜时间过久，已记不清是什么书了。我总觉得这不过是极端的个别例子；不料前些年，看到一部整理古人文集、被人推崇备至、逾百万言的洋洋巨著（姑隐其名），第一页里，不到几行，竟出现了常识性的大笑话，令人看了哭笑不得。不禁想起陈先生的那句至理名言。

讲到历史断限和前后复出的问题时，说：这是廿四史中经常遇见难以解决的一个问题。例如《史记》和《汉书》，前者是通史，后者是断代史；后者从前者当中采录了高祖以下几篇，但不尽相同，仍可看出他自己的作风与主张。可是班氏独出心裁，搞了个《古今人物表》，把上自宓羲，下至晚周的“人物”都包括在内，忘了自己的著作是汉代的断代史，这叫做自乱体例。同样，《后汉书》与《三国志》也有类似情况。前者成书晚于后者、而所代表的年代刚好相反，转录有关部分时，也保持了自己的作风与主张。从这里，可作些比较研究，前人就作过《班马异同》等，这也是史籍校勘的部分工作。

讲到私人著述和书出众手的官书（均指史籍）的优劣，以及官书也有好坏之分。前四史都是半公半私的个人著作，在群史中都是上乘的。之后的诸史，等而下之，多是官书（偶有个人著述的），书出众手，有的迫于期限，更是急就章。因之，体例不纯，缺乏剪裁，重复，缺漏，芜杂，文笔风格各异，等等弊端都会出现。例如《宋史》就兼有许多毛病；仅就全书分量来讲，它比任何史的篇幅都多几倍，有四百九十六卷之多。两宋加起来不过三百一十多年，比唐代仅长三十年光景，而书则比新或旧《唐书》多一倍有余，可见其粗制滥造了。当然，它保存了过去未曾有的许多宝贵资料，也是可取的。又说：《资治通鉴》也是官书，但同时又具有个人著述的优点；也是书出众手，却用了众手之长。它由司马光主编，由刘攽、刘恕、范祖禹等人分担各代的编史任务。这几个人都分别是各断代史的专家，司马光集合了他们的长处，自己主编全书，体例、文字统一，事实考订精核，编书的时间又长，用了近二十年的时间，能让他们从容研究、讨论、编写，因而成为编年体的一部长篇巨著，继《史》《汉》之后，在浩如烟海的史籍中，又放一异采。陈先生还附带谈到《通鉴》的各项体例，如：某事在某年而不能确定某月份者，则系于该年之末，不可误认为即其年十二月之事。并说：读史不明体例，就可能产生误解。一书有一书的体例，也有它们共同的体例。古人无论治经、治史、治文，都讲求师承传授，治经者讲“家法”，治史者明体例，习古文者讲“义法”，不可胡来一气。是内行还是外行，一动笔，一开口，就可分辨出来的。

讲到史料来源，也大有学问，并与史学校勘有很密切的关系（陈先生著有《校勘学释例》，就是以《元典章校勘释例》为例）。最早的著作如《史》、《汉》，在司马迁、班固那个时代他们能见到的书籍、文物，大部分已亡失，我们看不到了。当然，还有些保留至今的，如儒、道等家现存的重要著作中，仍可窥见司马迁、班固采择、运用资料的痕迹（如采用古文家说或今文家说，都有痕迹可寻）。又如唐人修《晋书》之前，已有二十余家（过去曾有“十八家晋书”之说）有关《晋书》的著作，唐人当然都已看到，但因书出众手，修书人各有偏嗜，无人认真作统一工作，且时间仓促（仅两三年），对于上述那些已有成书的可信部分资料，未能充分利用，加以采择。那些书虽都已佚亡，但仍有极少部分，可从别的书（如类书）中看到它的佚文，也可作比勘之用。陈先生不仅讲授，还在考试时，事先出题，让学生找出某段史文的来源，加以校勘。就是让学生实际练习，加深这方面的认识，提高识别史料的能力。

上面，是我从陈先生学习，近六十年之后的一些记忆，零零碎碎，很不全面，也可能有误记的；如记错了，由我负责。下面再记一段新中国成立之初，史学界的一次盛会上，又见到陈先生一面的情况。

大约是 1950 年底或五一年初，在北京欧美同学会的会议厅里，由郭沫若先生主持召开了新中国成立后的新史学会成立大会（后来把“新”字删去）。出席会议的有中央的几位元老：林伯渠、吴玉章、徐特立和郭沫若、范文澜、翦伯赞、陈垣以及黄文弼、冯家升等史学家共约百十来人。音韵学家罗常培先生（也是我的老师）也出席了会议。因为郭老耳聋，听不清各人的发言，除了正式记录人员作记录外，罗先生与郭老坐位邻近，也作出简要记录让郭老看。我也有幸被邀参加了会议。

主持人和几位领导讲话后，我才注意到，紧接着发言的是一位身穿棉布大衣的白发老人——陈垣老师！他满怀激情地讲了许多话，现在只记得他说的，在我印象里最深刻的几句话：我今年七十岁，过去的都不算了，新中国刚刚成立，我也好比是一个初诞生的婴儿，我要用我剩余的时间，为新史学、为新中国而努力！（大意如此）。大家听了，热烈鼓掌。他终于在七十九岁高龄的时候，光荣地加入了中国共产党，并实现了他上述的决心，为新中国作了许多有益的事情。

散会后，我急忙走向前去，向这位老师问候。

1994 年 7 月 7 日于北京；时年八十有二

记齐白石先生轶事

启　功

齐白石先生的名望，可以说是举世周知的，不但中国人都熟悉，在世界各国中，也不是陌生人。他的篆刻、绘画、书法、诗句，都各有特点，用不着在这里多加重复叙述。现在要写的，只是我个人接触到的几件轶事，也就是老先生生活中的几个侧面，从这里可以看到他的生活、风趣，对于从旁印证他的性格和艺术的特点，大概也不是没有点滴的帮助吧！

我有一位远房的叔祖，是个封建官僚，曾买了一批松柏木材，就开起棺材铺来。齐先生有一口“寿材”，是他从家乡带到北京来的。摆在跨车胡同住宅正房西间窗户外的廊子上，棺上盖着些防雨的油布，来的客人常认为是个长案子或大箱子之类的东西。一天老先生与客人谈起棺材问题，说道“我这一个……”如何如何，便领着客人到廊子上揭开油布来看，我

才吃惊地知道了那是一口棺材。这时他已经委托我的这位叔祖另做好木料的新寿材，尚未做成，这旧的也还没有换掉。后来新的做成，也没放在廊上，廊上摆着的还是那个旧的。客人对于此事，有种种不同的评论，有人认为老先生好奇，有人认为是一种引人注意的“噱头”，有人认为是“达观”的表现。后来我到过了湖南的农村，才知道这本是先生家乡的习惯，人家有老人，预制寿材，有的做出板来，有的做成棺材，往往放在户外窗下，并没什么稀奇。那时我以一个生长在北京城的青年，自然不会不“少见多怪”了。

我认识齐先生，即是由我这位叔祖的介绍，当时我年龄只有十七八岁。我自幼喜爱画画，这时已向贾羲民先生学画，并由贾先生介绍向吴镜汀先生请教。对于齐先生的画，只听说是好，至于怎么好，应该怎么学，则是茫然无所知的。我那个叔祖因为看见齐先生的画大量卖钱，就以为只要画齐先生那样的画便能卖钱，他却没想，他自己做的棺材能卖钱，是因为它是木头做的，如果是纸糊的即使样式丝毫不差，也不会有人买去做秘器。即使是用澄心堂、金粟山纸糊的也没什么好看，如果用金银铸造，也没人抬得动啊！

齐先生大于我整整五十岁，对我很优待，大约老年人没有不喜爱孩子的。我有一段较长时间没去看他，他向胡佩衡先生说：“那个小孩怎么好久不来了？”我现在的年龄已经超过了齐先生初次接见我时的年龄，回顾我在艺术上无论应得多少分，从齐先生学了没有，即由于先生这一句殷勤的垂问，也使我永远不能不称他老先生是我的一位老师！

齐先生早年刻苦学习的事，大家已经传述很多，在这里我想谈两件重要的文物，也就是齐先生刻苦用功的两件“物证”：一件是用油竹纸描的《芥子园画谱》，一件是用油竹纸描的《二金蝶堂印谱》。那本画谱，没画上颜色，可见当时根据的底本并不是套版设色的善本，即那一种多次重翻的印本，先生描写的也一丝不苟，连那些枯笔破锋，都不“走样”。这本，可惜当时已残缺不全。尤其令人惊叹的是那本赵之谦的印谱，我那时虽没见过许多印谱，但常看蘸印泥打印出来的印章，它们与用笔描成的有显著的差异，而宋元人用的墨印，却完全没有见过。当我打开先生手描的那本印谱时，惊奇地、脱口而出地问了一句话：“怎么？还有黑色印泥呀？”及至我得知是用笔描成的，再仔细去看，仍然看不出笔描的痕迹。惭愧呵！我少年时学习的条件不算不苦，但我竟自有两部《芥子园画谱》，一部是巢勋重摹的石印本，一部是翻刻的木板本，我从来没有从头至尾临仿过一次。今天齐先生的艺术创作，保存在国内外各个博物馆中，而我在中年青年时也曾有些绘画作品，即使现在偶然有所存留，将来也必然与我的骨头同归腐朽。诸位青年朋友啊，这个客观的真理，无情的事例，是多么值得深思熟虑的啊！这里我也要附带说明，艺术的成就，绝不是单靠照猫画虎地描摹，我也不是在这里提倡描摹，我只是要说明齐老先生

在青年时得到参考书的困难，偶然借到了，又是如何仔细地复制下来，以备随时翻阅借鉴，在艰难的条件下是如何刻苦用功的。他那种看去横涂竖抹的笔画，又是怎样走过精雕细琢的道路的。我也不是说这种精神只有齐先生在清代末年才有，即如在浩劫中，我们学校里有不少同学偷偷地借到几本参考书，没日没夜地抄成小册后，还订成硬皮包脊的精装小册，这岂能不说是那些罪人们灭绝民族文化罪恶企图意外的相反后果呢！

齐先生送给过我一册影印手写的《借山吟馆诗草》，有樊樊山先生题签，还有樊氏手写的序。册中齐先生抄诗的字体扁扁的，点画肥肥的，和有正书局影印的金冬心自书诗稿的字迹风格完全一样。那时王壬秋先生已逝，齐先生正和樊山先生往来，诗草也是樊山选定的。齐先生说："我的画，樊山说像金冬心，还劝我也学冬心的字，这册即是我学冬心字体所写的。"其实先生学金冬心还不止抄诗稿的字体，金有许多别号，齐先生也曾一一仿效。金号"三百砚田富翁"，齐号"三百石印富翁"，金号"心出家庵粥饭僧"，齐号"心出家庵僧"，亦步亦趋，极见"相如慕兰"之意。但微欠考虑的是：田多为富，印多为贵，兼官多的人，当然俸禄多，但自古官僚们却都讳言因官致富，大概是怕有贪污的嫌疑。如果称"三百石印贵人"，岂不更为恰当。又粥饭僧是寺院中的服务人员，熬粥做饭，在和尚中地位是最为卑下的。去了"粥饭"二字，地位立刻提高了。老先生自称木匠，而不甘作粥饭僧，似尚未达一间。金冬心又有“稽留山民”的别号，齐先生则有“杏子坞老民”之号，就无从知是模拟还是另起的了，金冬心别号中最怪的是“苏俄罗吉苏伐罗”，因冬心又名“金吉金”，“苏伐罗”是外来语“金”的音译，把两个译音字夹着一个汉字“吉”字来用，竟使得齐老先生束手无策。胆大如斗的齐先生，还没敢用“齐怀特斯动（怀特斯动是英语白石二字音译）。”我还记得，当年我双手捧过先生面赐的那本《借山吟馆诗草》后，又听先生讲了如何学金冬心的画和字，我就问了一句：“先生的诗也必学金冬心了。”先生说：“金冬心的诗并不好，他的词好。”我当时只有一小套石印的《金冬心集》，里边没有词，我忙向先生请教到哪里去找冬心的词。先生回答说：“他是博学鸿词啊！”

齐先生对于写字，是不主张临帖的。他说字就那么写去，爱怎么写就怎么写。他又说碑帖里只有李邕的《云麾李思训碑》最好。他家里挂着一副宋代陈搏写的对联拓本：“开张天岸马，奇异人中龙。博（下有“图南”印章）。”这联的字体是北魏《石门铭》的样子，这十个字也见于《石门铭》里。但是扩大临写的，远看去，很似康南海写的。老先生每每对人夸奖这副对联的怎么好，还说自己学过多次总是学不好，以说明这联上字的水平不高。我还看见过齐先生中年时用篆书写的一副联：“老树著花偏有态，春蚕食叶例抽丝。”笔画圆润饱满，转折处交代分明，一个个字，都像老先生中年时刻的印章，又很像吴让之刻的印章，也像吴昌硕中年学吴让之的印章。又曾见到他四十多岁时画的山水，题字完全是何子贞样。我才知道老先生曾用过什么功夫。他教人爱怎么写就怎么写的理论，是他老先生自己晚年想要融化从前所学的，也可以说是想摆脱从前所学的，是他内心对自己的希望。当他对学生说出时，漏掉了前半。好比一个人消化不佳时，服用药物，帮助消化。但吃的并不甚多，甚至还没吃饱的人，随便服用强烈的助消化剂，是会发生营养不良症的。

有一次我向老先生请教刻印的问题，先生到后边屋中拿出一块寿山石章，印面已经磨平，放在画案上。又从案面下面的一层支架上掏出一本翻得很旧的《六书通》，查了一个“迟”字，然后拿起墨笔在印面上写起反的印文来，是“齐良迟”三个字。写成了，对着案上立着的一面小镜子照了一下，镜中的字都是正的，用笔修改了几处，即持刀刻起来。一边刻一边向我说：“人家刻印，用刀这么一来，还那么一来，我只用刀这么一来。”讲说时，用刀在空中比划。即是每一笔画，只用刀在笔画的一侧刻下去，刀刃随着笔画的轨道走去就完了。刻成后的笔画，一侧是光光溜溜的，另一侧是剥剥落落的。即是所谓的“单刀法”。所说的“还那么一来”，是指每笔画下刀的对面一边也刻上一刀。这方印刻完了，又在镜中照了一下，修改几处，然后才蘸印泥打出来看，这时已不再作修改了。然后刻“边款”，是“长儿求宝”下落自己的别号。我自幼听说过：刻印熟练的人，常把印面用墨涂满，就用刀在黑面上刻字，如同用笔写字一般。这个说法，流行很广，我却没有亲眼见过。我在未见齐先生刻印前，我想像中必应是幼年听到的那类刻法，又见齐先生所刻的那种大刀阔斧的作风，更使我预料将会看到那种“铁笔”在黑色石面上写字的奇迹。谁知看到了，结果却完全两样，他那种小心的态度，反而使我失望，遗憾没有看到那样铁笔写字的把戏。这是我青年时的幼稚想法，如今渐渐老了，才懂得：精心用意地做事，尚且未必都能成功；而卤莽灭裂地做事，则绝对没有能够成功的。这又岂但刻印一艺是如此呢？

齐先生画的特点，人所共见，亲见过先生作画的，就不如只见到先生作品的那么多了。一次我看到先生正在作画，画上一个渔翁，手提竹篮，肩荷钓竿，身披蓑衣，头戴箬笠，赤着脚，站在那里，原是先生常画的一幅稿本。那天先生铺开纸，拿起炭条，向纸上仔细端详。然后一一画去。我当时的感想正和初见先生刻印时一样，惊讶的是先生画笔那样毫无拘束，造形又那么不求形似，满以为临纸都是信手一挥，没想到起草时，却是如此精心！当用炭条画到膝下小腿到脚趾部分时，只见画了一条长勾短股的九十度的线条，又和这条线平行着另画一个勾股。这时忽然抬头问我：“你知道什么是大家，什么是名家吗？”我当时只曾在《桐阴论画》上见到秦祖永评论明清画家时分过这两类，但不知怎么讲，以什么为标准。既然说不出具体答案来，只好回答："不知道。"先生说："大家画，画脚，不画踝骨，就这样一来，名家就要画出骨形了。"说罢，然后在这两道平行的勾股线勾的一端画上四个小短笔，果然是五个脚指的一只脚。我从这时以后，大约二十多年，才从八股文的选本上见到大家名家的分类，见到八股选本上的眉批和夹批，才了然《桐阴论画》中不但分大家名家是从八股选本中来的，即眉批夹批也是从那里学来的。齐先生虽然生在晚清，但没听说学做过八股，那么无疑也是看了《桐阴论画》的。

一次谈到画山水，我请教学哪一家好，还问老先生自己学哪一家。老先生说："山水只有大涤子（即石涛）画得好。"我请教好在哪里？老先生说："大涤子画的树最直，我画不到他那样。"我听着有些不明白，就问："一点都没有弯曲处吗？"先生肯定地回答说："一点都没有的。"我又问当今还有谁画的好？先生说："有一个瑞光和尚，一个吴熙曾（吴镜汀先生名熙曾），这两个人我最怕。瑞光画的树比我画的直，吴熙曾学大涤子的画我买过一张。"后来我问起吴先生，先生说确有一张画，是仿石涛的，在展览会上为齐先生买去。从这里可见齐先生如何认为"后生可畏"而加以鼓励的。但我自那时以后，很长时间，看到石涛的画，无论在人家壁上的，还是在印本画册上的，我都怀疑是假的。旁人问我的理由，我即提出"树不直"。

齐先生最佩服吴昌硕先生，一次屋内墙上用图钉钉着一张

吴昌硕的小幅，画的是紫藤花。齐先生跨车胡同住宅的正房南边有一道屏风门，门外是一个小院，院中有一架紫藤，那时正在开花。先生指着墙上的画说：“你看，哪里是他画的像葡萄藤（先生称紫藤为葡萄藤，大约是先生家乡的话），分明是葡萄藤像它呀！”姑且不管葡萄藤与画谁像谁，但可见到齐先生对吴昌硕是如何的推重的。我们问起齐先生是否见过吴昌硕，齐先生说两次到上海，都没有见着。齐先生曾把石涛的“老夫也在皮毛类”一句诗刻成印章，还加跋说明，是吴昌硕有一次说当时学他自己的一些皮毛就能成名。当然吴所说的并不会是专指齐先生，而齐先生也未必因此便多疑是指自己，我们可以理解，大约也和郑板桥刻“青藤门下牛马走”印是同一自谦和服善吧！

齐先生在出处上是正义凛然的，抗日战争后，伪政权的“国立艺专”送给他聘书，请他继续当艺专的教授，他老先生即在信封上写了五个字“齐白石死了”，原封退回。又一次伪警察挨户要出人，要出钱，说是为了什么事。他和齐先生表白他没教齐家出人出钱，因此便提出要齐先生一幅画，先生大怒，对家里人说：“找我的拐杖来，我去打他。”那人听到，也就跑了。

齐先生有时也有些旧文人自造“佳话”的兴趣。从前北京每年冬天有菜商推着手推独轮车，卖大白菜，由户选购，作过冬的储存菜，每一车菜最多值不到十元钱。一次菜车走过先生家门，先生向卖菜人说明自己的画能值多少钱，自己愿意给他画一幅白菜，换他一车白菜，不料这个“卖菜佣”并没有“六朝烟水气”，也不懂一幅画确可以抵一车菜而有余，他竟自说：“这个老头儿真没道理，要拿他的假白菜换我的真白菜。”如果这次交易成功，于是“画换白菜”，“画代钞票”等等佳话，即可不胫而走。没想到这方面的佳话并未留成，而卖菜商这两句煞风景的话，却被人传为谈资。从语言上看，这话真堪入《世说新语》；从哲理上看，画是假白菜，也足发人深思。明代收藏《清明上河图》的人如果参透这个道理，也就不致有那场祸患。可惜的是这次佳话，没能属于齐先生，却无意中为卖菜人所享有了。

怀念范寿康先生

◘ 李　锐

著名的爱国人士、老一辈教育家和哲学家范寿康先生，离开他刚回归的祖国不觉一周年了。

去年11月武汉大学校庆70周年时，曾向我征稿，特将范先生书赠的字幅原件转送母校，以为纪念。范先生写道："祖国中兴，富强在望。今后只要安定团结，社会主义新中国的建设必可完成。余年老体衰，以言报国，心余力绌，但在有生之年，躬逢其盛，生平快事，莫过于此。"字幅后面附有我的跋语："此范师手泽也。犹记'一二·九'运动时，尝代表学生救国会往候，深感长者之同情爱护，足征先生忧国之心，不独师生之私谊也。嗣后云天远阻，趋候为难。壬戌春，先生归来，曾往机场迎接，并躬与校友欢迎盛会。又接德邻，得以请益。一日，公子岱年赠此幅，拳拳以祖国中兴富强相期；老骥伏枥之心，跃然纸上。越2月，先生辞世。呜乎，壮心未已，留付后人。谨以此帧，转赠母校。庶几后辈知前辈付托之重，共励振兴中华之志。”

范先生于1933年受聘武汉大学，任哲学教育系主任。我于翌年入学，从新结识的哲学系同学中传来空谷足音：范先生讲授马克思的唯物论。我是工学院的学生，无缘去听讲，但从校刊上读到他写的文章。当年国民党政府的国立大学讲台上，有这样一位讲马克思主义哲学的教授，这对思想左倾的学生，正如黑夜摸山路的行人看到前面有人打着灯笼一样高兴。最近武大寄来1933年至1937年几种校刊上发表的范先生的14篇文章，使我回味当年受到的教益。先生不仅讲授马克思学说，而且宣传救亡图存的爱国思想。《哲学的两个基本方向——观念论与唯物论》（载《文哲季刊》3卷1号）是一篇近两万字的长文，考察了唯心论与唯物论的基本观点和主要学派的发展史，最后谈到富有辩证思想的唯物论。主张“人类的实践乃系检定真理的规准”；“唯物论者承认客观真理的存在”，可以“逐渐加以认知——逐渐向之接近”；这种“新兴的哲学”“总有一天会有光华灿烂的发展”的。范先生在日本留学时受河上肇的影响很深，认为经济学的圣典书籍只有亚当·斯密的《原富》与马克思的《资本论》。他在《近代经济学界的两大伟大》（载《珞珈月刊》1933年创刊号）一文中，介绍了两位伟人艰苦奋斗的一生。最后这样谈到当前世界与中国的问题：世界上

贫富悬隔，阶级对立，生产过剩，成为国际纷争的根源；中国生产落后，经济上不平等不自由，受帝国主义侵略，必须唤起民众，联合世界上以平等待我之民族，来与帝国主义作斗争。

“一二·九”运动时，我曾代表学生救国会到范先生家中，向他求教。这是我与先生在校中唯一的一次接触。他完全支持我们的爱国行动。我于 1937 年 5 月离校后，即再未见到先生。抗战初期过武汉时，欣闻先生在政治部第三厅负责对日宣传工作。1949 年南下过开封时，在旧书铺买到 1936 年开明版《中国哲学史通论》，这是我当年读过的范先生的讲义，以历史唯物主义的观点阐述我国历代各家思想，解释社会发展的规律。敢于这样结论：“真欲为人类全般谋幸福的增进，社会组织的根本改造是很迫切、很必需的”。“生产关系随着生产力的发展而演变，也是一件虽欲避免而无可避免的事实”。（见《绪论》作为一种纪念，这本书我一直保存着。

1979 年我重回电力部工部。1980 年，范先生的幼子乐年夫妇自美国回国定居，恰在水电科研院工作。乐年同志是台湾留美学生，得加州理工学院的博士学位，自幼受父亲的熏陶，热爱祖国，要求进步。从他那里得知范先生多年来的情况。这年秋天，乐年的姐姐令云从美国回国探亲，要去台湾看望父亲。我请他们兄弟姐妹聚餐，托令云将珍藏的《中国哲学史通论》一书带交范先生，请她转告：我们这些珞珈山的学生惦记着当年的启蒙老师，希望他回来看看新中国的建设，这是他半

个世纪前的理想。

我深信范先生一定会回到祖国来的。他有深厚的马克思主义修养，1920年在日本读书时，即向《东方杂志》投稿，介绍马克思的唯物史观。他还继承了中国传统的优良士风，当年在珞珈山，我们就有此感觉。岱年同志告我，范家的祖先是范仲淹，留有家训“先忧后乐”（先生赠我的字幅盖有闲章“后乐堂”）。范先生的父亲清末留学日本，与陶成章、经亨颐等交谊很深。1926年经长中山大学时，曾聘范先生为秘书长。1927年大革命失败后，先生随经回上虞故乡，担任经创办的春晖中学校长，一批知名学者和进步人士曾在此任教。1930年，可能有国民党反动派打击春晖进步势力的背景，曾发生土匪绑架校长与另一教师一学生的事件。范先生的父亲毅然以巨款将三人一起赎出，自此，先生才离开故乡。虽然遭此巨变，在弥天黑暗之中，先生显然没有丝毫动摇以马克思主义传教终身的志向。

果然，1981年9月，范先生终于离开台北到了美国，在华盛顿女儿家住了下来。他极其兴奋地阅读报道祖国大陆建设成就的出版物，向回来过的华裔学者任之恭教授等询问故土情况。一次友人宴会，他即席赋诗言志：“报国应志老，人间爱晚晴。欣逢中兴日，愿作鼓吹声。”1982年4月18日，先生以88岁的高龄，由乐年夫妇陪同侍奉回来了。我很高兴，那天深夜，约了叶君健同学一起到机场迎接这位阔别近半个世纪的老师。范先生虽然坐轮椅上，依然精神矍铄，毫无长途飞行后的倦容。5 月 6 日，我们 30 年代的武大学生男女 20 多人，聚会欢迎范老师。大家一一作了自我介绍，十分欢快。昔日学子现也垂垂老矣，此情此景，大家都有一种幸福之感。

范先生回来后的新居，正好与我的住处相邻。去年春节前夕，我去问候。他朝南坐在客厅中间，红光满面，谈锋很健。他告诉我，那本《中国哲学史通论》，他又带了回来，已交三联书店重版，并为《通论》重版本写了序言。序言不长，而热情洋溢，最足以表现他回国以后的兴奋心情："目下祖国中兴，生气蓬勃，富强远景已在目前，国人扬眉吐气之日已经到来。际此盛世，凡我同胞更应淬厉奋发，对提高今后精神文明及物质文明作出更大贡献，而且在于未来，国人不应妄自菲薄，要使祖国之精神文明及物质文明居于整个世界人类先进之行列，发扬示范之作用。"

最近岱年同志将他父亲的一些有关资料交给我看，其中有一封逝世前 4 天收到的国外学生来信，足见范先生作为教育家感人之深。信中回忆了 1954 年在台湾大学听范师上哲学课的情景："先生讲授辩证唯物论虽然只有短短一百分钟，也没有用唯物辩证等词儿，在 1949 年以后的台湾却是绝无仅有的。学生的印象因之也特别深刻。"他为什么要给范老师写这封信呢："学生出生于日据时代的台湾，据家谱是漳州渡台第八代，在祖国大陆并无亲人。老师虽只教过学生两年，也无深

交，但是基于思想上长期以来对老师的敬仰，可能是目前在国内的学生心许的最近的长辈了。”

抗战胜利后，范先生应台湾行政长官陈仪之邀，前往台湾参加接收工作，任教育处长。他在美国停留时，可能由于年事已高，曾为自己一生写了一篇简短的自述，其中论述了初到台湾时的情况：“台湾自割让以来，为时已五十年，日人实施皇民化教育，雷厉风行，无微不至。称日语为国语，讲日本语，看日文报，读日文书。台湾同胞不准任小学教师。台北帝大（即今之台湾大学）只准台湾学生攻读农、医、理、工，不准习文、法，且名额仅占学生800人中四分之一。此外，又有所谓‘国语家庭’，虽在家中，亦只准使用日语对话，‘改名姓’，则须将原来之姓改成日本之姓，如小林、井上等等。余针对时弊，乃以一切‘中国化’为号召，组国语推行委员会，普及国语教育，创立师范学院，积极培养合格教师；提倡讲中国话，看中文报，发扬祖国文化，宣扬血统一致。举凡能促进‘中国化’之一切，无不尽力推行，期望台湾同胞皆能不忘祖先，真能投入祖国之怀抱。”这是范先生对我国家民族的一大贡献，显现了他的远见卓识。1946年夏，他负责的教育处还考选了100名公费生，到大陆的大学学习，使他们进一步熟悉祖国文化。其中约一半左右回到台湾，有半数留在大陆。留在大陆的这批台湾知识分子，解放后多成为宣传、外交等工作的骨干。1947年“二·二八事变”，台湾知识分子被株连的很多，范先生各方奔走，多所保全（如原台北建国中学校长陈文彬，即由他保释后，经日本回大陆工作的）。这年 5 月，他从政界引退，到台湾大学哲学系任教。许寿裳被害时，他立即赶到现场，悲愤异常，回家整日默默不语。

据岱年同志说，他父亲回国后，虽然只过了短暂的 10 个半月，却实现了他在台湾 30 多年梦寐以求的许多愿望。这些是他在日记中一一予以记载，并同儿女们常谈到的。

他第一次来到古都北京，游览了紫禁城和颐和园；观赏了景山的牡丹和北海的秋菊。“五一”前夕，为北京晚报写诗：华府樱花谢，东飞燕市来；神州无限好，喜见牡丹开。

他又回到了阔别 35 年的故乡浙江上虞，祭扫了祖父母、父母亲的坟墓。白马湖畔春晖中学的活泼的少年，对这位 50 年前老校长的热情欢迎，使他十分激动。他在台湾时曾写诗怀念老家和白马湖：“衰年更切故乡情，没有曹碑晋谢茔，最是傍湖花似锦，柳荫三月转流莺。”而今这一切以新的面貌重现在他眼前。他兴奋地写下新的诗句：“半生飘泊东归客，喜见故乡万象新。”他重游了杭州西湖，楼外楼的醋鱼和莼菜更胜似当年。

他见到了分别 35 年的长子、孙子，见到了从未见过面的两个儿媳、四个孙儿与长婿。他与在京的儿孙们欢度了他的 88 寿辰，又一起欢度了去年的春节，这是他漫长的一生中第一次与如此众多的儿孙共度佳节。这天晚上他同晚辈谈了范氏家训与家风。

他终于见到了分别半个世纪左右的老友叶圣陶、胡愈之、吴觉农、徐逸祖、沈兹九、董聿茂、汤佩松、陈礼节、胡子婴等等。到京后第二天早晨，经普椿来看望，他还认得这就是“普妹妹”。经普椿是经亨颐的女儿，他的学生。廖承志夫妇在他的生日，还特地来为他祝寿。成仿吾第二天就急着要来看他，因为几十年他们彼此都不知道老友还在人间。他曾到年逾九旬的顾寿白的卧室促膝话旧，会面不久，顾老就去世了。他把仍在台湾的许多亲友的口信、近况，一一告诉了他们在大陆的亲友。许多相识或不相识的人来信向他打听在台亲人的地址和近况，凡是他知道的，都一一回信作答。骨肉分离，长相思恋之情，他有最深切的感受。

他参加了郭沫若故居的开幕典礼，回来后写了“怀沫若学兄”的诗篇：“福冈惠书一朵云，申江远别见深情，半生飘泊今归去，遗恨无缘再见君。”他亲笔写了《经亨颐先生传》，经是他敬仰的长辈；写了《忆达夫学兄》短文，表达对故友的深切怀念。他十分敬仰1949年慷慨就义的陈公恰先生（陈仪），本想为他写传，后来得知福建的故旧钱履园已经写好长篇传记，感到十分欣慰（遗感的是不及见面，钱先生就已去世）。

他最为感奋的是，被增补为全国政协委员、常务委员，被邀请列席党的十二大开幕式，还受到党和国家的领导人邓小平、邓颖超、廖承志、胡愈之、杨静仁等，以及民革、民盟中央的宴请。他写信给国外的子女说："国家待我至为优渥，当以有生之年报效国家，为祖国统一而努力。"

范先生回国后，心情愉快，耳聪目明，外出不再用轮椅，自信还能再活 10 年，希望能看到祖国的统一。儿女们劝他写回忆录，他却准备与原武大学生方攻石合写一本新中国建设的成就，已拟定提纲，自己动手剪报，收集资料。他说，我在台湾和海外是公认说老实话的，我写出来的东西，别人是会相信的。

范先生坚持记日记到逝世前夕。去世前 5 天，他手抄于右任的两句诗句："葬我于高山之上兮，望我大陆。大陆不可见兮，只有痛苦！"这可能是表达他自己晚年终于回到祖国的庆幸，是对于右老晚年思乡之切的哀思，也是对还留在海峡那边的亲友故旧的怀念吧。

1983 年元宵节（2 月 27 日）第 2 天早晨，我突然接到岱年同志的电话，说他的父亲昨晚因心力衰竭而溘然长逝！他弥留时没有什么痛苦，遗容十分安详，犹如熟睡。子女们已把父亲的一份骨灰安放在八宝山纪念堂；一份已安葬在故乡，与早在 30 年代初去世的胡氏夫人合葬，廖公亲笔写了碑文；还有一份骨灰准备将来送到他生活过 35 年的第二故乡台北，与 1979 年在那里逝世的唐氏夫人合葬。

一代师表范寿康先生留给后人的东西是很多的，除开一个终身信仰马克思主义、热爱祖国的知识分子的真诚心灵以外，据不完全统计，他的教育和哲学等方面著作近30部，文章约二三百篇。与《中国哲学史通论》同时重版的有《朱子及其哲学》；闻有关方面正在搜集范先生的著作，准备陆续出版。范先生逝世时唯一的遗憾就是没有看到祖国的统一。但他生前曾一再表示，经过海峡两岸和全世界炎黄子孙的共同努力，祖国是一定会统一的。

我的老师

方　成

现在青年漫画家有种好风气，很讲礼貌，见年纪大的同行都喊“老师”。人们知道，我国漫画家都出于自学，以为是没有什么老师的。实际上都各有师承，主要是从别人的作品学习，向这些作品的作者，也就是这些老师们学习过。我的老师就不少，有外国的，有中国的，对他们我一向是尊敬的。但说来惭愧，我没喊过“老师”，称“兄”而已。最使我难忘的一位老师是余所亚。他不仅是我艺术上的老师，而且是引我走上革命道路的导师。解放前，许多知识分子在政治上有糊涂观念，我是其中之一。在民主革命时期，曾画过一幅政治上错误的漫画，批评我指正我的就是这位余老师。那时我还是20多岁初出茅庐的漫画作者，孤身来上海，租不起住房，到处寄居，最后住在刚相识不久的余所亚、李桦同志家里，搭张行军床挤在屋中。在他们家，更多是在余所亚的影响下（李桦耳背、通话困难），才一步步走上革命正道，对此我一直铭记在心。

所亚兄——我一向这样称呼，比我大十多岁，在30年代就已经是著名漫画家，艺术造诣高。在抗日战争时期，他的漫画，正如他的漫画集《投枪》的书名那样，以其锋利的讽刺，投向敌方。他在上海发表的那幅《中国工厂，美国罐头》，几十年来牢牢地刻在我记忆中，至今不忘。画的是一个美国空罐头正扣在中国工厂的烟囱上，画面效果感人至深。那时我国民族经济就是这样被美国压得抬不起头来的！

看所亚同志一生经历，可知他是一位十分坚强的革命斗士。他是广东台山县人，出生在香港。1931年蔡廷锴在香港宣传反蒋抗日的《大众日报》，发表过他不少漫画。他参加“中华民族革命大联盟”，在《民族战线》中从事左翼影评工作。叶浅予率漫画宣传队到香港成立“漫画抗敌协会”，所亚任研究部负责人。1939年参加中山大学战地服务团，参加“中华全国文艺界抗敌协会”，任理事。1944年在重庆时，与叶浅予、张光宇、沈同衡、丁聪等举行八人漫画联展，轰动山城，受到周恩来同志亲切邀见。抗战胜利后在上海《文汇报》主持副刊《文汇半月画刊》。1947年该报被封，白色恐怖加紧，他避居香港，参加党领导的美术家组织“人间画会”。他又是艺术评论家、舞台美术家和戏剧家。1949年来北京后，任中国木偶艺术剧团编导，没有再从事漫画创作，但艺术评论（包括漫画评论）之笔没停过，漫画展览上常见到他，他是离不开漫画的。

在硝烟遍地、民众乱离、交通处处艰险的年代里，文艺界人士个个囊中空荡，四处奔波。他是一位两足瘫痪，以双臂扶两张小凳代步的残疾者，却和常人一样，从香港奔桂林；湘桂大撤退时，黔桂路上苦难重重，他安然来到重庆；抗战胜利后，出川车船十分紧张时他又来到上海。上海紧张，他又到了香港……如得天助，通行无阻。了解他的人知道清楚，他属于“得道多助”者。那时他还是单身汉，生活难自理，而家中总是座上客常满，杯中茶不空的。即使在十分艰苦境遇下，谁也没见他皱眉头苦着脸过，而总是悠然自处的幽默家。而且往来无“白丁”，尽是左翼文艺界人士。我初人艺术界，就是因他的关系，和王琦、黄永玉、刘开渠、野夫、陈烟桥、马思聪等相识。在桂林，他在七星岩下一茶棚改建的“画室”中安居，温涛、黄新波、刘建庵、彭燕郊、聂绀弩、秦似、欧阳予倩、何家槐等著名文学艺术家都成了他家的常客。他为人忠厚诚挚，极重友情，又是有高度文艺修养的幽默家，谁能不和他交好？他从香港奔桂林，须多方绕道避开险区，是一位青年朋友背他走的。来北京后，从香港、广东各地来京的朋友，如黄新波、关山月、阳太阳等，都要去拜访他，在他家吃饭。他们的子女也爱住在早先他只有三小间的家里。他的夫人和他一样好

客，朋友一来，高兴得很哩。他终于有一辆轮椅，行动虽然还是那么不便，然而他又爱行无阻地参加各种活动，看美术展览，到朋友家串门。有一次我意外在离他家数十里的聂绀弩家遇见他。要知道，他是雇不起出租车的人啊！

这位为革命奋斗一生的忠诚艺术家，因高龄不幸永远离开我们了！就在今年 1 月 9 日。海内外多少朋友和同志因失去这么一位难得的知心人伤痛啊！他是一位使人永远怀念的好同志，好朋友，是我最好、最难忘的一位老师！

1992 年 1 月

我的“最后一课”老师

徐开垒

每当我读到19世纪法国著名作家都德的小说《最后一课》时，我总不免流下眼泪。小说描写了普法战争中，法国战败后，一个学校再也不许教法语的情形：韩麦尔先生在为学生们上最后一节法文课的时候，他发给学生新的法文字帖，并把这些字帖挂在每人课桌的铁杆上，教室里静极了，只听见每个孩子的钢笔在纸上沙沙地响。韩麦尔先生坐在椅子里，一动也不动，瞪着眼睛看周围的东西，他在这40年来，一直在这里教育学生，而明天大家都要离开这个地方了！可是，他有足够勇气把今天的功课坚持到底。习字课完了，他又教了一堂历史，忽然教堂的钟声敲了12下。祈祷的钟声也响了。同时窗外又传来了普鲁士兵的号声——他们已经收操了。韩麦尔先生站起来，脸色惨白，转身朝着黑板，拿起一枝粉笔，使出全身力量，写了几个大字：“法兰西万岁！”然后他呆在那儿，头靠着墙壁，话也不说，只向同学们做了一个手势：“散学了，你们走吧。”……

“你们走吧。”这是这篇小说的结束句，但在我的脑海里，这篇文章始终没有结束过。“你们走吧”他们怎么走呢？走到哪里去呢？韩麦尔先生脸色惨白，转身在黑板上写了“法兰西万岁”几个大字，然后头靠着墙壁，瞧着孩子们。……这是一个多么熟悉的形象啊！

1941年秋天，我从东吴大学附中高中毕业，和几个同学一起考进暨南大学文学院读中国文学系，当时主持文学院的是郑振铎，在中文系教书的除了郑振铎之外，还有王统照、傅东华、吴文祺等人。其中王统照是五四时期新文学运动中的著名小说家和诗人，他是文学研究会的主要成员，我很早就读过他的短篇小说集《春雨之夜》、《霜痕》和长篇小说《山雨》。在抗战前，他编《文学》杂志，我也是忠实的读者。抗战初期，他还用“默坚”、“息梦”等笔名在《文汇报·世纪风》写诗，写文章，也译过一些宣传爱国主义精神的外国诗。所以一进暨大，我就向往能在他的指导下学点文字，恰好学校又分配我进他担任班主任的班级上国文课。

统照先生的年龄当时还只40出头，中等身材，显得有些清瘦，头发略秃，戴着玳瑁边眼镜，经常穿着一件咖啡色长衫，脚上则穿一双黑皮鞋，看上去不象是个曾在欧洲法、德、瑞、

荷诸国多年考察过社会文化的专家，也不象曾在英国伦敦大学研究过英国贵族诗人作品的文学家，倒象是个土生土长的穷书生。但是从他文雅的谈吐里，和他所选的教材内容中，可以看到他个人的爱好，并从而认识到他确是个作家和诗人。

他是山东诸城县人，有一腔浓重的鲁东口音，而且讲话时有许多“这个”，听他的课，起初比较难懂；但多听几次，就没有问题了。他给我们上的第一课是陆机的《文赋》，这是我国文学理论批评史上的第一篇完整而有系统的文学作品。作者陆机是骈体文的创始人，他在20岁就写出这篇辞藻优美、观点鲜明、内容丰富的论文。王统照先生一进课堂就给我们发下这篇文章的讲义，虽然学校刚刚开学，老师同学都互不相识，他也不给我们讲几句“开场白”，就摊开讲义向我们宣读起“余每观才士之所作，窃又以得其用心”来。他逐字逐句地讲解，在讲到“伫中区以玄览，颐情志于典愤。遵四时以叹逝，瞻万物而思纷；悲落叶于劲秋，喜柔条于芳春。心懔懔以怀霜，志眇眇而临云”的时候，他就谈到文学创作的缘由。他说：“一个人写诗作文，都要有感而发，无病呻吟最要不得。”

那时上海正处在孤岛时期，租界还没有沦陷，但四周都是敌伪势力，坚持抗日立场的报社屡遭到敌人投掷炸弹，受到危胁；许多爱国人士遭到敌人暗杀，而党的地下组织仍然存在，领导着各条战线的爱国者继续进行斗争。王统照先生当时不但

在暨南大学任教授，好象还在开明书店兼职，同时又经常在《文汇报·世纪风》写诗。当时曾读到他用“默坚”笔名发表的《你的灵魂鸟》，有这样的诗句：

不要让黑暗阻碍了你，
有多少烛光在天半辉耀；
不要惊惶群狼狗的嗥叫，
在你顶上，有你的灵魂鸟！
……八月夜的觉醒你还以为过早，
可是茂生后血花已铺满广道。
你莫呆呆望着林外那——一个两个似倾的鸟巢。
趁东方黎明线的闪影叫破春晓，啄木鸟的血嘴点在树梢；
要丰养起更有力的羽毛，可别被阴霾旋风把时间空空丢掉！

我曾在课余时间问过他这首诗是不是为我们青年学生写的，他微笑着说：“也可以这样说吧！你不看看我们学校里的同学，有些人不是正过着醉生梦死的生活吗?”

暨南大学原在上海真如，“八·一三”抗战爆发，才迁到租界内的康脑脱路（现改称康定路）上课，当时这个临时校舍不过是一幢三楼三底的小洋房，不要说操场，就连学生休息的

地方都没有。课又不是一节一节的上，而是根据每人选的课程，按学校规定的时间听课。这样课与课之间常有一、二个钟头空闲，这就招致有些同学在闲暇时间去逛马路，甚至有的人去咖啡馆、舞厅等地方消遣，统照老师对这些现象很不满意，经常劝大家抓紧时间学习，不要浪费光阴。他那首《你的灵魂鸟》，实际上是对孤岛时期的青年进行劝导。它的意思是叫青年不要害怕敌人，不要让敌伪势力吞噬，不要被黑暗社会腐蚀；“八·一三”流血抗战已足够使我们从迷梦中苏醒过来，我们不要为家破人亡而惊呆，不要浪费光阴，趁这黎明就要来到的时候，努力学习，健全身体，壮大自己，为迎接新时代作好准备。

统照先生每天在学校时间不多，但他有课总提早一刻钟来校，我们几个同学就经常找这一刻钟时间向他求教。我们逐渐和他熟悉，他有时也谈起他怎样开始与文学接近。他说，他幼年时期就开始听家里老人讲《西游记》和《聊斋》故事，一到10岁以后，自己就找这类书看，《封神演义》曾经把他迷住，有时晚上连睡眠都忘掉。但是稍长以后，《石头记》就代替《封神演义》占领了他的心灵。他经常分析这部小说里的人物对话、动作和他们相互间的关系，这对他以后写小说，有很大帮助。当然，在这期间，他也涉猎了不少笔记小说，如《阅微草堂笔记》之类，但一直抓住他的心灵的，仍还是那部百读不厌的《石头记》。进了中学以后，他进一步学习古文，《文选》

和唐诗对他有很大影响。他对我们说："青年人不但要花时间读很多书，还要不断学习写文章。最好能每天写日记，这是等于逼迫自己每天交出一篇文章来。写日记既可以记事，又能抒情，还可发议论。这无异为自己打下写散文和论文的基础，也为写小说作好准备。"他笑着告诉我们，说自己在15岁就开始写长篇小说，写了一本叫《创花痕》的24回小说，虽然写得很肤浅，但对自己确实是个锻炼。其后就向《小说月报》、《妇女杂志》投稿，他的第一篇作品《遗发》，是在《妇女杂志》上发表的。

大家知道统照先生是五四时期著名的小说家和诗人，他是主张"文学为人生"的文学研究会的主要成员之一。他写过20多本集子，如《一叶》、《黄昏》、《山雨》、《春花》《春雨之夜》等，他的思想随时代而进展，作品意境也因生活的积累越多而更加深远。30年代初期，茅盾曾为王统照的10万字长篇小说《山雨》写过一篇一万多字的评论，对这部以山东农村为背景的作品，予以充分肯定。

我们做他学生的时候，他早已名满天下。而且战争年代的敌忾同仇的气氛，更使我们感觉到我们这位老师是一位投身在现实斗争中的革命作家，决不是象牙之塔里的诗人。他不旦在和我们接近、谈话的时候，经常勉励我们奋发图强；而且在批改我们作文的时候，也时时鼓励我们端正文风。而不要浮文虚辞。我记得他在我的第一篇作文上批过这样一句话："记住，

多少冗字本不必用!”这真是对我一个当头棒喝！记得我那时在报上也写些稿子，从小学到中学毕业，作文课上老是受到教师称赞，有时甚至被弄得头脑昏昏然，经他这一批，真是像头上浇上一盆冷水，稍稍清醒一些。

不幸的是我正为有了这样一个老师而感到兴奋的时候，太平洋战争爆发，租界的“偏安”局面也保不住了。12月8日凌晨，日本军队向太平洋上的珍珠港进行偷袭，当天上午，日本军队就冲进上海租界。上午9时，我们正在二楼上大学一年级的国文课。教师就是王统照先生。当时的气氛异常紧张，统照先生的神情也十分严肃，课堂上一片静寂，而我们从阳台望下去，康脑脱路上却是一片乱哄哄，但见日本宪兵队卡车在马路上横冲直撞，卡车的喇叭声像鬼哭狼嗥。王统照老师像都德小说《最后一课》里的韩麦尔先生那样认真地坚持着讲课，然后剩下一刻钟时间，他破例地在课堂上向我们讲课程以外的话了。我从来没有看到过他这样严峻，又带着这样沉痛的口气对我们说：“同学们，刚才教务处通知：学校今天起停办了！我们学校不能继续上课，更不能让敌人来接收，今天这一节课是最后的一课，我们现在要解散了!”

同学们面面相觑，都默不作声，但在脸上似乎都打起一个问号：“以后怎么办呢?”

统照先生看了大家一眼，然后又极其严肃地说：“同学们，你们都很年轻，都20岁不到吧？我们的日子正长，青年人要有志气，要有能冲破黑暗的精神，学校可能内迁，你们跟不跟学校到内地去，这要看每个人的家庭环境来决定，学校不勉强。因为留不留在沦陷后的上海，这不是决定性的问题。问题在于我们走什么道路，在精神上和行动上，是坚持抗战，还是向敌人投降，这要有个准备。……同学们，你们说是吗？”我忽然想起他的诗句：

不要让黑暗阻碍了你，
有多少烛光在天半辉耀；
不要惊惶群狼狗的嗥叫，
在你顶上，有你的灵魂鸟！

这样，我们“最后一课”就这样结束了。学校就此停办，王统照先生在不久离开上海，回到山东地方老家去了。抗战胜利后，他在青岛山东大学教书。在中国共产党领导下，一个声势浩大的反饥饿反内战的群众运动在国统区蓬勃开展时，他积极参与了这个斗争。

解放后，他担任全国人大代表，山东省文联主席和山东省文化局长。1956年秋，上海《文汇报》恢复《笔会》副刊，我写信给统照老师，向他约稿。他很快就给我寄来了两篇《炉边杂谈》，后来在十月革命节来临的时候，我又约他为《笔会》写稿，他又给我寄来了一首诗。以后我们通讯很勤。

他谈了不少有关他工作、生活的情况，也知道他这几年身体不好，气喘病愈来愈严重了。可惜这些信当时全为上海电影局欢喜积聚作家书简的一位姓沈的同志拿去，现在恐怕都遗失了。1957年3月，我从上海去山东济南采访，顺便去省文联拜访统照先生，不料他并未上班，说在家病了。我到文联宿舍去看他，走上楼，只见他一个人卧病在床上，严重的哮喘病使他连话也无法讲，但他仍勉力从床上披衣起来，拿了一张纸和我进行笔谈。我见他形容枯槁，白发萧然，与我在1941年看到的潇洒自如的王老师完全是两个人了！他病得这样，还频频向我问起我的工作、生活情况，同时还叫工友帮我去安排住宿。最后又写字条，介绍我与山东省作家王希坚、王安友等同志见面。我在济南只住了10天，忙于采访济南市一个一门10个教师的教师家庭，和一个坚持勤俭节约办事的山东省监察厅副厅长。最后一天。我接到家里电报，临行匆匆，竟未及去与统照老师告别，只留下一信，就回上海来了。不久，我即以胃溃疡出血进医院开刀，未能与他继续联系。同年11月29日，统照先生就逝世了。在他逝世的时候，正是全国"反右斗争"开展得最热烈的时候，只记得北京一位老诗人在《诗刊》上发表了一篇悼念他的文章，另外的报刊好像都只发了一段全国文联为他开追悼会的简讯，新闻中称他为"文艺老战士，党的好朋友"。

在我的心中，统照先生永远是风雨如晦的年代里，我的

"最后一课"老师。他的平易近人，诲人不倦，肝胆照人，大义凛然的形象，是我难以忘记的。

1980年12月